KB146973

박봉우
시전집

박봉우
시전집

임동확 엮음

현대문학

박봉우

전주 시립도서관
사서 시절의 박봉우.

왼쪽부터 문단 삼총사로 통했던
박봉우, 신동엽, 하근찬.

왼쪽부터 『겨울에도 피는 꽃나무』, 『서울 하야식』, 『황지의 풀잎』.

休戰線
孤風宇

산과 산이 마주 향하고 믿음

이 없는 얼골과 얼골이 마주향

한 항시 어두움 속에서 꼬구한

변도 천동같은 화산이 믿어이넛

것을 알면서 오련 자세로

「휴전선」의 육필 원고 중 일부.

〈한국문학의 재발견-작고문인선집〉을 펴내며

한국현대문학은 지난 백여 년 동안 상당한 문학적 축적을 이루었다. 한국의 근대사는 새로운 문학의 씨가 싹을 틔워 성장하고 좋은 결실을 맺기에는 너무나 가혹한 난세였지만, 한국현대문학은 많은 꽃을 피웠고 괄목할 만한 결실을 축적했다. 뿐만 아니라 스스로의 힘으로 시대정신과 문화의 중심에 서서 한편으로 시대의 어둠에 항거했고 또 한편으로는 시대의 아픔을 위무해왔다.

이제 한국현대문학사는 한눈으로 대중할 수 없는 당당하고 커다란 흐름이 되었다. 백여 년의 세월은 그것을 뒤돌아보는 것조차 점점 어렵게 만들며, 엄청난 양적인 팽창은 보존과 기억의 영역 밖으로 넘쳐나고 있다. 그리하여 문학사의 주류를 형성하는 일부 시인·작가들의 작품을 제외한 나머지 많은 문학적 유산들은 자칫 일실의 위험에 처해 있는 것처럼 보인다.

물론 문학사적 선택의 폭은 세월이 흐르면서 점점 좁아질 수밖에 없고, 보편적 의의를 지니지 못한 작품들은 망각의 뒤편으로 사라지는 것이 순리다. 그러나 아주 없어져서는 안 된다. 그것들은 그것들 나름대로 소중한 문학적 유물이다. 그것들은 미래의 새로운 문학의 씨앗을 품고 있을 수도 있고, 새로운 창조의 촉매 기능을 숨기고 있을 수도 있다. 단지 유의미한 과거라는 차원에서라도 그것들은 잘 정리되고 보존되어야 한다.

이러한 당위적 인식이, 2006년 한국문화예술위원회의 문학소위원회에서 정식으로 논의되었다. 그 결과, 한국의 문화예술의 바탕을 공고히

하기 위한 공적 작업의 일환으로, 문학사의 변두리에 방치되어 있다시피 한 한국문학의 유산들을 체계적으로 정리, 보존하기로 결정되었다. 그리고 작업의 과정에서 새로운 의미나 새로운 자료가 재발견될 가능성도 예측되었다.

그러나 방대한 문학적 유산을 정리하고 보존하는 것은 시간과 경비와 품이 많이 드는 어려운 일이다. 최초로 이 선집을 구상하고 기획하고 실천에 옮겼던 한국문화예술위원회의 위원들과 담당자들, 그리고 문학적 안목과 학문적 성실성을 갖고 참여해준 연구자들, 또 문학출판의 권위와 경륜을 바탕으로 출판을 맡아준 현대문학사가 있었기에 이 어려운 일이 가능하게 되었다. 이런 사업을 해낼 수 있을 만큼 우리의 문화적 역량이 성장했다는 뿌듯함도 느낀다.

〈한국문학의 재발견-작고문인선집〉은 한국현대문학의 내일을 위해서 한국현대문학의 어제를 잘 보관해둘 수 있는 공간으로서 마련된 것이다. 문인이나 문학연구자들뿐만 아니라 더 많은 사람들이 이 공간에서 시대를 달리하며 새로운 의미와 가치를 발견하기를 기대해본다.

2009년 1월

출판위원 염무웅, 이남호, 강진호, 방민호

흔히 '휴전선의 시인'으로 각인되어 있는 박봉우는 그 명성에 걸맞게 일생 동안 분단된 조국의 현실과 통일 문제를 자신의 문학적 중심 화두로 삼아온 시인이다. 신의 부재, 결여의 시대인 전쟁 또는 전후戰後 체험을 바탕으로 문단 데뷔 이후 작고할 때까지 거의 일관되게 분단 현실을 인식하면서 남북통일 또는 항구적인 평화의 조건을 노래한 보기 드문 시인이다. 그는 전쟁으로 인한 남북분단의 현장을 '황무지荒蕪地' 또는 '황지荒地'로 규정하면서 전쟁이 남긴 허무와 폐허 자체에 침윤하기보다는 총체적인 세계상실감 속에서 인간의 한계상황을 돌파하기 위한 저항과 행동에 더 관심을 표명하는 참여 시인적인 자세를 취하고 있다. 인간의 모든 조건이 파괴되고 망가진 전쟁 또는 전후의 상황 속에서 실존의식이나 지성의 회복을 전혀 도외시한 것은 아니지만, 그의 관심사는 어디까지나 한국인의 삶의 조건과 비극을 결정짓는 분단 현실로서 그것과의 생생한 대면을 통한 극복의지를 강하게 내비치고 있다. 이와 더불어 박봉우는 '4·19 시인'으로 불려도 될 만큼 1960년에 일어난 4·19 혁명에 지속적인 관심을 가졌다. 마치 김수영이 4·19 혁명의 초기에 보였던 뜨거운 시적 반응처럼 박봉우 역시 4·19 혁명을 전폭적으로 지지하는 자세를 취했으며, 그 결과가 그의 제3시집 『사월의 화요일』이다. 특히 그 이후의 시들 속에서도 4·19 혁명 문제에 끈질기게 천착하는 자세를 보여주고 있다. 하지만 4·19 혁명에 관련한 시적 평가에서 김수영이나 신동엽 등에 가려 4·19 혁명에 대한 그의 시작 활동이 정당하게 평가받지 못하고 있는 형편이다. 이번 시전집 발간을 계기로 4·19 혁명에 대한 그의 뜨거운 문학적 관심과 형상의지에 대해 정확하고 합당한 평가를 기대해본다.

　박봉우 시인에 대한 기존의 많은 연구와 시적 평가들이 주로 분단 현실이나 통일 의지에 그 초점이 맞추어져 있는 실정이다. 그리고 이것은 그의 시들이 민족 동질성의 회복과 분단 현실 극복이라는 이중 과제를 누구보다도 먼저 자각하고, 그 실천의지를 거의 일관되게 보여왔다는 사실에 기초한다. 하지만 이러한 기존의 역사주의적이고 주제론적인 연구 방법론은 때로 새로운 접근 방법에 따라 다양하고 풍부하게 이해되고 해석될 수 있는 그의 시세계를 단순화하고 평면화할 가능성이 크다. 50년대 전후 상황과 같은 사회적 맥락에 과도하게 의존하거나 민족현실 또는 시대정신과 밀착시켜 해석하거나 고찰함으로써, 정작 그의 시세계가 지닌 다양한 함의와 문제의식이 희생되는 결과로 이어질 수 있다.

　그 가운데 하나가 '신의 구원' 문제를 둘러싼 박봉우 시인과 릴케와의 관계다. 즉 박봉우가 전후의 '황무지'적 상황에 대처하고자 자신의 세대를 새로운 지성의 '신세대'로 자리매김하면서 열정적으로 받아들였을 릴케의 영향력에 대해 주목한 평자는 거의 없다. 초기 시들뿐만 아니라 이후에도 지속적으로 영향력을 끼친 릴케와 박봉우의 예술가적 태도와 작품에 대한 정밀한 비교 연구와 그 의의에 평가가 뒤따라야 할 것이다. 직정直情적인 시 세계로 인해 일견 단순하고 평면적으로 보이는 그의 시작 세계가 그리 간단치 않다는 점에서 더욱 그렇다고 할 수 있다.

　타계한 지 20여 년이 되어가는 시점에서 발간된 그의 시전집이 갖는 의미는 바로 그것일 것이다. 비록 그의 산문이 포함되어 있지 않은 전집이긴 하지만, 어쩌면 1950년대를 대표하는 시인의 한 사람인 박봉우 시전집 발간은 일차적으로 그의 시적 궤적과 고뇌를 '지속과 변화', 곧 통시적 차원에서 바라보는 계기를 마련해주리라 믿는다. 또한 그것은 남북분단과 4·19, 그리고 그의 시세계와 작가적인 태도에 많은 영향을 끼친 것으로 보이는 릴케적 이미지를 중심으로 한 그의 시의 내적 지속성과 변화성을 한눈에 꿰뚫어 보는 디딤돌 역할을 할 것이라고 확신한다.

지독한 가난과 고독 속에서도 유달리 '시인의 사명'을 자각하고 '찢어진 저항의 기旗를 올리고' '양단된 조국의 운명'과 미래를 걱정하고 아파했던 시인 박봉우. 그 박봉우 시인의 시전집 발간에 선자가 참여한 것은 그저 우연만은 아닌 것 같다. 돌이켜보니 박봉우 시인의 시를 읽어가면서 문학청년 시절 그의 시 「석상의 노래」 「눈길 속의 카추샤」를 줄곧 외고 낭송했던 시절이 아련히 떠오른다. 또한 1980년 11월경 교지 편집위원 자격으로 시 청탁을 하기 위해 방문한 전주 시립도서관의 풍경과 1990년 전주의 한 허름한 골목 문간방에 설치되었던 그의 초라한 장례식장이 겹쳐진다. 부족하기만 한 이러한 시전집 발간이 아무런 대가도 바라지 않은 채 오직 시를 위해 모든 것을 희생한 그의 영혼의 제단에 작은 소주잔을 대신하는 행위가 되었으면 하는 바람뿐이다.

2009년 1월

임동확

* 일러두기

1. 이 작품집은 박봉우 시인이 발표한 모든 시들의 발굴·정리를 목표로 한 시전집이다. 시집의 수록 순서는, 제1부는 시집 『휴전선』(1957), 제2부는 『겨울에도 피는 꽃나무』(1959), 제3부는 『사월의 화요일』(1962), 제4부는 『황지의 풀잎』(1976), 제5부는 『서울 하야식』(1986), 제6부는 『딸의 손을 잡고』(1987)를 원본 시집에 실린 순서대로 수록했다. 참고로 『황지의 풀잎』과 『서울 하야식』은 시선집 성격이 강하나 신작시가 동시에 실려 있어 한 권의 시집으로 인정하기로 했다.

2. 이 작품집의 표기법은 현행 한글 맞춤법과 외래어 표기법에 의거하였다. 단 시인의 시적 의도를 손상할 우려가 있는 경우에는 예외를 두었다.

3. 원문의 한자는 되도록 국문과 병기하되 시의 맥락을 이해하는 데 문제가 없는 경우에는 국문으로 바꾸어 썼다.

4. 명백한 오식은 바로 잡은 뒤 각주에서 밝혔다.

차례

제1시집_ 휴전선

제2시집_ 겨울에도 피는 꽃나무

제3시집_ 사월의 화요일

제4시집_ 황지의 풀잎

제5시집_ 서울 하야식下野式

제6시집_ 딸의 손을 잡고

발굴시편

제 1 시집 『휴전선』

휴전선

산과 산이 마주 향하고 믿음이 없는 얼굴과 얼굴이 마주 향한 항시 어두움 속에서 꼭 한 번은 천둥 같은 화산이 일어날 것을 알면서 요런 자세로 꽃이 되어야 쓰는가.

저어 서로 응시하는 쌀쌀한 풍경. 아름다운 풍토는 이미 고구려 같은 정신도 신라 같은 이야기도 없는가. 별들이 차지한 하늘은 끝끝내 하나인데…… 우리 무엇에 불안한 얼굴의 의미는 여기에 있었던가.

모든 유혈流血은 꿈같이 가고 지금도 나무 하나 안심하고 서 있지 못할 광장. 아직도 정맥은 끊어진 채 휴식인가 야위어가는 이야기뿐인가.

언제 한 번은 불고야 말 독사의 혀같이 징그러운 바람이여. 너도 이미 아는 모진 겨우살이를 또 한 번 겪으라는가 아무런 죄도 없이 피어난 꽃은 시방의 자리에서 얼마를 더 살아야 하는가 아름다운 길은 이뿐인가.

산과 산이 마주 향하고 믿음이 없는 얼굴과 얼굴이 마주 향한 항시 어두움 속에서 꼭 한 번은 천둥 같은 화산이 일어날 것을 알면서 요런 자세로 꽃이 되어야 쓰는가.

화초들의 이야기

언제고 간에 우리들이 늘 의논하는 혁명을 위하여선, 잡풀들이여 이젠 슬픈 이야기가 아닌가.

밤에 흐르는 수없이 많은 저 별들은 우리들의 가슴에 심어 볼 꽃밭이라면 어쩔까.

하나의 조그만한 화병이 우리들의 마음에 있다고 믿을 때, 몇 포기의 꽃은 얼마나 아름다운가.

무어라 하지 안 해도 절로 죽어가는 것들 앞에,

참으로 맑은 아침을, 우리만이 살 수 있는 옥토沃土를 얼마나 바랐던가 이런 날은 내란內亂이란. 전설같이 먼먼 흰 구름이 아니었을까.

언제고 간에 우리들이 늘 의논하는 혁명을 위하여선, 이젠 잡풀들이여 슬픈 이야기가 아닌가.

저항抵抗의 노래

아름다움만으로 피나게 싸워 바다의 그 깊은 밑바닥에서 열려 오는 그것은 먼먼 하늘같이 트여 오는 창窓이 아닌가.

진한 팔월의 태양. 홍색 장미가 무르녹게 내 마음 언저리에도 피어 이 중립지대에 무슨 기旗를. 기를 세워야 쓰는 게 아닌가.

발목같이 연한 이 어린 것에게 햇살같이 따시한 보듬음을 주시려는 이젠 오월 같은 것이 아닌가.

몇 번이고, 몇 번이고 제대로 피어나려는 그 미미한 눈물 같은 것에게 이런 넓은 하늘을 주려는 것인가.

내가 사는 영토에, 또 세계에 무슨 의미를 주는가 모진 바람이 불어도 끝끝내 날아올 저 꽃밭에,

피 먹은 나비여……

사춘기

봄이 오고. 봄이 오는 그것은. 우리들의 언 가슴 위에 맨 먼저 밟히고. 밟힌 잔디들이 우선 솟는다는 이야기……

자살 미수의 숨 가쁜 계절季節. 무쇠라도 영 녹일 듯한 우리들의 봄은 다 말씀하지 못한 유서만 남긴 채, 그리도 쉽게 눈감을 수 있는 것인가.

끝끝내 죽고 싶은가. 봄은 모질게 우리를 어느 바다에 던지려고 유혹하는 것인가 그러면 우리들의 텅 빈 꽃병 속에 차라리 닫혀진 창窓을 열고 싶지 않는가.

이글이글 타는 해의 사랑은 인류의 다사론 노래가 아니었던가 불안한 우리들의 중립中立에서 오는 지옥의 계절季節은, 이제 누군가를 몹시 사랑할 수 있는 엄숙한 여유 같은 눈.

무질서하게 미쳐서, 미쳐서 죽어 가는 너는. 우리들의 언 가슴 위에 맨 먼저 밟히고 밟힌 잔디들이 우선 솟는다는 이야기를 모른가 모르는가.

과목果木의 수난受難

강江물 같은 것이 맺어 꼭 하나 아름답게 트이는 길은
언제부터 있어 온,
먼 전설傳說일까.

스무 해 동안인가 하고, 또 몇 해쯤 더해서도
모진 풍랑風浪은 끝나 본 일이 없어……
저렇게, 불모不毛의 경치일까.

나비와 벌들이 몇 번인가 날아와 입맞춤하고 간 일들……

한번 맺은 인연因緣은 죽도록 못 잊어야 할 입상立像으로
무슨 결실結實을 드리는 일일까.

천둥이 치고, 폭풍이 불 때마다, 전율戰慄하는 몸짓.
어두움에도, 피어나는 강江의 긴 역사歷史는 언제나 이야기해 드릴 수
도 있을까.

대결對決 뒤에, 치열한 대결對決 뒤에 오는.
조용한 당신의 눈, 눈은…….
얼마나 많은 수난受難과 살고
또, 살아야 할

그 수난受難으로 건축建築할
아침은…….

과수원果樹園

　어느 금빛 꾀꼴새가 울고 간 정오正午. 갑자기 천동이 치고 소나기가 떨어져 조용히 열렸던 창窓들을 닫혀…… 오고야 말 무섭고 두려운 일들을 생각하는 것은 오늘뿐 아니고 몇 번이고 몇 번이고 당하고 당하여 본 노을 같은 어설픔이 아닙니까.

　이러한 위태로운 날들을 보내고 또 보내어 겨우 누구를 알아볼 만한 여물진 눈들을 가졌을 때. 얼마 전인가 꽃피어 벌들이 날아오고 나비들이 소식 없이 찾아온 그 시절의 한번 머금은 마음은 아직도 멀고 아득한 신화神話의 호수湖水가 아니면 달밤의 긴 강江이 아닙니까.

　꽃밭이 있고 바다가 흐르고, 깊은 산중의 정적靜寂이 나직한 음향音響을 담고 철을 향하는 동양東洋의 미인美人들은…… 눈물 같은 또 서글픔 같은 것으로 익어 태초적 그대로 떨어질 여유를 기다리는 지금은 호심湖心 같은 어린 창窓들을 무수히 간직해보는 전쟁戰爭의 이야기나, 음악실音樂室 풍경風景이 아닙니까.

수난민受難民

상처입어 탄약의 흔적에 피가 넘치는
팔도 다리도 달아나고 눈알도 파편처럼
발화되어 달아난 이 어두움 속에
차라리 비가 나려 진창인 이 진흙길을

아늑한 봄의
따사한 붕대를 감아주려고
부드러움이 그지없이 상냥한 표정을 가지고
이렇게 소식 없이 왔는가, 비둘기의 젖가슴인
사월같이 왔는가.

우리의 조용한 마음속의 도시와 세계는
모두 다 회색빛 폐가가 되어버리고
3등 병실마저 아쉬운
끝없이 먼 벌판 같은 황량한 목숨은
그래도 꼭 한 번 사랑의 꽃씨를 뿌리며
살아보겠다는, 보다 눈물겨운 핏빛 호소.

전쟁에 울고 이그러진 가슴에……
붕대를 감아주려고 온 다사로운 너의 숨결
그것은, 겨울을 풀어헤치는 긴 강.
목을 베어버릴 만한 손도 마지막 빼앗긴

영토에게. 심연한 포옹과 사랑을 끝없이
노래 부르려는,

아직도 울어서는 안 될 금빛 아침의 목숨.
무던히도 메마른 우리의 땅에
살고 싶은, 살고 싶은
비가 온다. 강이 언제나 푸르게 흐를 날은

상처 입은 가슴에 푸른 나무가 무성히 자랄 날이……

창같이 열려올 간절한 아침은 언제인가
시들어버린 폐가에 누구를 응시하는
당신의 눈. 당신의 눈은……

음악音樂을 죽인 사격수射擊手

1. 음악音樂의 가슴

산이 아니면 찔레꽃이 넝쿨진 절벽 위에서 지금 막 적지敵地를 향하
여 조용히 서 있는 사격수는 생각해보는 것이 아닌가.
저곳은 핏자국의 광장廣場. 어느 일요일 배암들이 모여서 지랄을 하

다가도 어느 틈에 떨어지는 문명의 총알로 하루살이 같은 것이 되지 않겠는가.

나는 어째서 나같이 비슷하게 생긴. 어머니 어머니를 아는 놈을 죽여 놓고 너털웃음을 웃게 마련인가 차라리 저 풀잎들이 돌멩이들이 인간을 비웃는 소리가 아닌가.

꽃병. 꽃병 하나를 가운데 두고 두 여인이 보다 고운 꽃을 따서 제 모양을 아름답게 만들어, 일천의 나비를 부르고……. 여기에서 전쟁은 신록新綠같이 눈뜬 것이 아닌가.

슬픈 휴전休戰인가 강江을 건너는 다리橋는 무너졌는가 여기도 거기도 다숩고 정다운 내 얼굴인 것. 피가 넘쳐흐르는 내 가슴을 꺾고 얼마나 살아보라는 야위움인가.

조용히 서 있는 사격수는 어두움에서도 오는 달을 보며 몹시 쓸쓸한 채 또 한 놈을 죽이고 이겨야 한다는 천치天痴의 미소微笑뿐. 존엄한 음악의 종언終焉에 이젠 그 따시한 눈물마저 잃었는가.

2. 음악音樂의 어머니

강江이 흐른다 강江이 흐른가. 저어 깊은 가슴속에는 오월五月의 과원果園에 복사꽃도 나비들도 모두 눈 부비고 아침을 향하여 서 있는 얼굴, 얼굴들이 아닌가.

그러나 너와 나는 고양이나 쥐나 같이 무던히도 살지 못할 것이니 피를 흘려라 지상地上의 거울은 하나도 남김없이 어느 먼 곳에 포로捕虜가 되어 가버리고 우리는 우리의 얼굴마저 분간하지 못하는 것이 아닌가.

지평地平을 잃어버린 사슴. 나체裸體의 화려한 도시가 불바다가 될 때 일어날 그 배암들의 화사한 혓바닥들의 의미는 무엇이겠는가 바다. 바다란 자유를 아는가. 모르고 모르고 죽어가는 것들 앞에 진종일 바람은 불어야 하고.

하늘도 영 보이지 않고 새 한 마리 날지 않는 절벽 위에서 차라리 자살自殺하지 못하는 계절季節이여…… 총을 맞고 쓰러져도 도리어 살아보려고 몸살, 몸살하는 날개의 전투기록戰鬪記錄. 여기엔 얼마나 고요한 나의 아잇적 이야기와 어머니의 젖가슴이 몹시 그리웠던 그것뿐이 아니겠는가.

강江이여…… 창窓을 열어라 답답한 내 가슴 위에 격류激流와 같이 흘러갈 단 한 번의 다사로움이여 신앙이여. 어서 오월五月의 과원에 모두 잃었던 거울을 다시 찾아 우리 서로 한번 보고 알아볼 그런 얼굴 얼굴들이 보고 싶지 않은가 그날이여……

3. 음악音樂의 창窓 · 꽃밭 · 눈

무성한 저를 잊어버린 것들 앞에 어쩌자고 돌아와서 오늘도 흘러가는 목숨 일그러진 꽃병과 빈 의자들이 있고 금간 창窓, 슬픈 눈동자가 해바라기를 닮은 폐허에서 '운명 교향악'을 듣고 있는 것이 아닌가.

무질서하게 부서진 벽돌담에도 끝끝내 피 어린 한 포기의 싱싱한 풀잎, 전차戰車들이 무지하게 짓밟고 사라져버린 자국에도 가난한 꽃들은 웃고 희망에 젖는 것. 내가 겨눈 마지막 총을 버리고 먼 신라新羅를 생각하는 것은 꿈과도 같이 아득한 이야기인가.

음악音樂은 흘러가고 또 음악音樂은 남아서. 이렇게 찢기고 상처 입은 마음의 모습을…… 너는 보는가 우리 어머니와 형제, 누이들이 이 빈 자리에 다행히도 살아와서 울고 있을 때 나는 무어라고 소리할 것인가…… 괴로운 이야기가 아닌가 모두 그것은……

타버린 빈자리…… 무수한 빈자리에 돌아와 앉을 빛깔들의 모습을 더듬을 날 그들의 이야기는 어느 '꽃밭'과 어느 '창'들을 가지고 고요히 앉을 것인가 그날의 황무지荒蕪地에는 해도 미소微笑하고 우리의 가슴의 음악실音樂室에는 진정 하나로 된 환한 바다가 밀려오고 눈부신 해동기解凍期가 열리어 오지 않겠는가.

눈길 속의 카추샤

어느 집을 갈 거나 어느 집을 갈 거나 푸른 하늘이 나에게 준 이 길을 밟고 어디로 갈 거나.

달밤이 아니라도 좋아라 별이 나지 않아도 좋아라 해바라기 무거운 목을 숙이고 꽃 같은 울음을 고요히 피우시고 계실 어느 창변에 갈 거나.

캄한 무덤에서 부활復活한 소복素服한 내가 되어 오늘만은 피를 토할 슬픔, 괴로움 속에 모아 온 눈물 잊고 꽃초롱 밤늦도록 피워 놓고 이 길을 준 푸른 하늘을 이야기하자고 기다리실 어느 집을 갈 거나.

하얀 길. 하얀 벌판을 밟고 무한한 지평선에 흰 비둘기 나래의 깃발이 되어 이 기쁨을 누리자고 어느 먼 창변에까지 들리게…… 산산이 부서져 버릴 유리 조각이 되게 허공을 향하여 목이 터져라 울어보고 싶어라.

달밤이 아니라도 좋아라 별이 나지 않아도 좋아라 푸른 하늘이 나에게 준 이 길을 사운사운 밟고 하얀 길. 하얀 벌판. 하얀 보자기를 지나서 어디를 갈 거나.

자꾸만 가는 길 달밤보다 흰 벌판에서 붉게 피어버린 꽃처럼 울어나 보았으면……. 이 길을 이 하얀 길을 고이고이 내려주신 풍경 속에 끝없 이 젖어……

밤늦도록 꽃초롱이 켜진 집을 찾아서 푸른 하늘이 나에게 준 이 길을 밟고 진실한 노래와 내 맑은 눈물을 읽어줄 하늘같이 넓은 가슴에 안기 리 안기러 가리……

당신의 눈

언제 다시들 돌아와 그중에서도 당신이 언제 돌아와서 나만 남겨 놓은 이 빈 자리에 화병花瓶이 되어 주시게 하소서.

당신이 화병이 되어 이 빈 자리에 오실 때 그 속에서 필 숱한 목숨들은 또 하나의 지구를 빛낼 수 있는 막다른 역사歷史를 창안創案하는 일순一瞬이 필연될 때.

이젠 제한할 수도 또 받을 수도 없는 그 커다란 빈 화병 속에서 수없는 생명生命의 의지意志들이 깃발 치며 아우성치며 몸부림치며 분화噴火 같이 마구 밀려오려는 새로운 나의 영토領土여.

천리 낭떠러지보다 긴긴 어두움 속에서 포도시 파아란 창을 열어주시려는…… 단 하나 바라던 당신이 종내 되어 온 빈 화병. 아무 말 한마디 없는 기쁨들을 시공時空의 무한無限한 어느 일점一點에…… 나와 또다른 나 같은 것으로 수없이 머물게 하소서.

빈 화병이여. 나는 그 속에서, 어떠한 표상表象으로 꽃을 피우고 또 정언적인 이야기를 할 수 있는. 하늘이 커다란 창窓의 모습으로 트이는 그날을 향向하여 석상石像과도 같이 살고 싶은,

아름다운 형상形象을. …… 주소서

산국화山菊花

내 붉은 심장心臟이 찢기어져 나간 괴로움의 어룽이, 오늘 이 산정에서 칼날같이 사나운 바람과 더불어 창愈살 없는 빈 하늘을 향向하여 위치位置한. 한 폭의 살풍경殺風景일 때,

언젠가의. ……
파릇한 풀잎들도 가슴을 피로 젖는 듯한 접동새 울음도. 이제 함께 있어주지 않고, 아무런 예약들도 없이, 봄 여름 초가을을, 보내버린 폐원廢園에 홀로 남아― 잊혀지지 않을 누님같이 웃어주는 안타까운 모습이여―

먼 날의 꿈과, 눈물이 아로새겨진 기다림. 기다림에 조인, 보람의 결정結晶이― 시린 하늘을 안아 말갛게 살고 싶은 것은.
누구도…… 울어주지 않는, 이 산정山頂에서 찬바람에 날리어 깃발처럼 흐느끼고만 싶은―. 다만 얼마나 많은 참음과 견딤과 아픔을 이런 믿음으로 언약言約하는.

―아아 여기. 어떠한 자세로, 울어야 할 것인가 미칠 듯 미칠 듯 타오르는 내 가슴의 화염火焰이 꽃핀. 이러한 몸부림은……

차라리 말하지 않고, 사랑할 수 있기 때문에.……

바다의 사상思想과 미소微笑

하나의 벽壁을 헐어 놓고 보면 또 하나의 커다란 벽이 산山보다 미덥게 서서 억새풀들도 수명壽命하지 못할, 황토荒土와 폭풍暴風을 비원悲願하는 저 몸부림을 눈 뜨겁게 보십시오.

전쟁戰爭은 너무 아름답게 슬프구나 별보담도 많은 인류人類의 수많은 목숨들을 비웃는 하나의 너불거리는 기폭旗幅을 보아라 아우성치는 소리를 어서 들어보아라 문명文明이란 얼마나 눈물나게 퇴폐頹廢한 어설픔인가 이 거친 도시를 모두 다 휩쓸고 찬란한 종언終焉을 어서 어서 알려다오.

제대로 향기 넘치는 꽃밭이 또 하늘이 전쟁과 불안도 없는 한창 기쁨으로 흐르는 세계世界. 어떠한 가로놓인 벽이라도 오면 순수純粹한 포옹抱擁으로, 헤쳐주고 마는 너그러운 자비와 아무런 것도 바라지 않는 한 생명의 통일統一된 너른 광장의 외침이여.

여기 노상 의지하고 살아갈 푸르디푸른 묘墓를 두고 싶다 저 누구를 메마르게 부르는 해보다도 뜨거운 애증愛憎의 품안이여 억년億年을 또 억년億年을 노래 불러도 다하지 못할 울음의 들녘이여……

누구도 가보지 못한 원시림原始林에서 어떠한 길과 어떠한 이야기와 어떠한 꽃들이 무성히 피어 있다고 믿을 것인가 그것들은 언젠가는 꼭 알아야 할 수난자受難者의 무한無限한 미소여……

목숨의 시詩

싸늘한 기류氣流가 언제쯤은 모밀꽃으로 달밤을 피웠던 이 언덕을 흘러가고 시린 하늘과 마주 향한 사철 여전히 저 석상石像 앞에서.

네가, 저렇게 울고 서 있는 날은

몹시도 누구를 연연戀戀하는 사연도 미움도 이젠 아닐 게다 아무런 발전도 진전도 없는 허물어져 가는 이 지역에서 다만 바람에 날리어 아무데고 흘러가 살고 싶은 다정한 항구港口도 없는 구름……

모두 입맛도 없는 잔치를 끝마치고 무한한 날과 시달림에 겨우 남은, 여기 따시한 꽃 한 포기 없는 폐원廢園에서 새로이 되풀이하는,

오르내릴 수 없는 산. 산을 헐고 벽壁과 벽을 가슴한. 피를 토할 듯 울고 싶은 날은…… 푸른 하늘과 같이 열려 오고 다가오고 미더워지는 죽음. 아무런 허식虛飾도 요망妖妄도 없이 꿈꾸는 휴전선休戰線. 그곳은 그리도 구름 되어 돌아가기 어려운 문門이여.

오늘.
싸늘한 기류가 흘러가는 무덤가의 석상 앞에서 주검은 어디 사루어져도 버려져도 시원스러운 목숨들을 무슨 미련未練처럼 살고 싶게 하는가 그래도 꼭 한번 이 쌀쌀한 호흡지대呼吸地帶에 머물러 보고 싶은 것은.

하늘같이 맑은 피 속에서 눈물겹도록 피어나는 꽃 한 송이의 결실. 결실을 위해서……

바위

푸르른 하늘의 짙은 표면보다 더 맑은 강江물이 당신의 마음을 흐르고 채색彩色하며 있다는. 그것을 믿는다는 것은 얼마나 나에 대한 변화를 가져오는.…… 위치位置를 설정設定할 수 있는 가능可能에의 것이었습니까.

한 폭의 하늘을 현상할 수 있는 구름의 변함 같은 일각의 생리生理로는 도대체 배겨날 수 없는 당신의 의지意志는 날이 날마다 침묵 속에서. 미구未久에 다가올 거센 폭풍暴風을 기다리며 굳이 굳어버린 얼굴의 숙명宿命으로. 하나의 완벽한 열매들을 위하여.

노상 밤과 낮을 비바람과 눈보라를 지각知覺할 수 없는 그러한 슬픔으로 당신은. 당신을 어디나 묻어버리고 싶은 그런 것이었습니다.

……. 이와 같이 언제나 무언의 표적標的을 향향向한 당신의 표상表象은 빈틈 하나 없이 아로새길 참의 거울로. …… 아득한 지역의 과정에서 괴로움과 눈물을 주는 몸부림 같은 것이라 믿으면,

당신의 영토 위에서. 부르는 노래는 영원히 멸滅하지 않을 신앙 같은 것보다 더 보배로운, 그런 것—

항시 당신이 가진, 그 심연한 마음속에는 파아라디 파아랗고 투명한 강물이 실비단같이 흐르고, 당신만의 언어엔 학이 춤출 무한한 시공이 있습니다 파도같이 출렁이는 해어질 대로 해어진 기폭旗幅이, 날개를 돋으려 하는 자태. 그날을 위하여……

무엇으로 열 수 없는 당신의 파아란 창은. ……얼마나 많은 세월을 거쳐서 열릴 수 있는, 이러한 눈부신. 눈부신 가능에의 묵시였습니다.

신록지대 新綠地帶

조용한 갈망의 눈을 떠 보아라
여기는, 풀밭이다 강물이다 바다가 출렁이는
정오이다.

사랑을 엿듣는 눈들이
그리움에 깊이 스며 젖은 눈들이
신화의 두 날개에 안겨
높이 나는 꿈을 담은 눈들이

복사꽃처럼 복사꽃처럼 피어서
모든 가슴의 흐름 길에
환희의 서글픈 서막을 올리는
'피에로' 들……

사랑은 무엇 때문인가
그리움은 무엇 때문인가
슬픔은 무엇 때문인가.

나로부터 모두들 멀어져라
그리고 의미하지 않을 때,
자유란 아름다운 깃발이여 평화여
내 애인이란…… 더러운 매음부 입술과 같은
속이 텅 빈 썩어 빠져가는 계집년과도 같은,
그러나 사랑하는 나의 조국.

조용한 갈망의 눈을 떠 보아라
슬픈 '피에로' 들의 마지막 통곡을 위해서
나는 이렇게 눈떴는가.

'샤를르 보들레르' 의 악의 뒷골목엔
술잔이여 술잔이여 보다 아름다운
타락의 술잔이여……

여백餘白

나무들이 나무들이 자라 무성茂盛한
숲을 이루어도
하늘은 언제나 변할 줄 모르는
그러한 언제나의 모습이었을 뿐

좁아질 수도 보다
넓어질 수도 없는
영토領土.

항상 나무들이 차지한
나무들의 대화對話를
기록記錄 해둘
그곳에서

어느 때나 푸르게
나무들은
자랄 것이다.

하늘과 땅이 서로 거리距離한,
언제까지,

그 무엇을 향向해서 나무들은…….

목숨을
목숨을.

강물

억년億年을 또 억년을 고와라 잡풀 하나 피어나지 못한 꽃밭이여……
하늘 높이 나는 학鶴의 춤 같은 몸짓으로 수繡를 놓고 울어버린 눈물 자국.

초록의 짙은 산山과 무성한 숲을 만들고 또 새들의 울음이여 달밤이
여…… 말씀하여 드린다는 것은 얼마나 허전하고 가난한 외로움인가 조
용히 마음은 잠자고 빛나며 충만이 가져보는 것.

저어 많은 창窓들을 보아라 열리지 않는 가슴벽壁을 향하여 언제까지
울어본 그것은 심장이 찢어진 자국인가 꽃밭인가 저무는 계절 앞에서 아
무런 모습도 없는 바람의 숨찬 흐느낌.

억년을 또 억년을…… 잡음雜音 하나 들리지 않는 음악音樂이여 무력
하게 보이는 이 몸부림으로 마음 복판에서 터질 듯 익어갈 그날. ……눈
을 감아 보아라 온통 하늘같이 열려 갈 내 모습이 다가오는 꼭 한번 아름
다운 울음이여……

부감도俯瞰圖

문둥이도 지아비와 지어미를 죽인 자식도 인육가人肉街의 허술한 어느 골목길… 백도百度의 고열高熱에 흠뻑 젖어 매일 밤 미친 개마냥 혀를 낼름거리는 계집년들에게도 나비 한 마리 쉬어 갈 꽃 한 포기 없는 매정스러운 황토荒土.

버림받은 어느 이들의 이역異域이냐 어느 '카인' 들의 황막한 후예後裔들이냐 무엇 때문에 그를 징글징글하게 침 뱉고 저주하고 비웃는가.

우리 모두 돌아가는 길은, 천대賤待란 미천과 살았던 문둥이도 봄나비 같은 공주公主도 숨 막히는 무덤 속의 촉루일 뿐…… 다아들 황토黃土 위에 금잔디가 피는 평등한 그날.

어제날…… 문명文明을 그리도 자랑하던 고층건물高層建物도 비애悲哀만 앙상히 남아 온순한 황소들의 도살장屠殺場으로 죄 없는 무수한 사형수死刑囚들이 벌을 받으러 억울하게 끌려가고 하늘같이 믿고 살아가야 할 신앙과 윤리는 차라리 구역질나는 오늘을 위하여 얼마나 무기력한가.

꿈만 꾸던 애기들의 장미 밭도 영화로웠고 눈부셔 좋은 붉은 장미 밭도. 이젠 번갯불 같은 화염이 훨훨 타오르며 괴로운 운명만을 자랑삼는 독사와 무더기 무더기 꽃배암들이 물고 찢고 주먹 같은 대가리들을 마구 추기고 머무를 곳을 찾아 숨 가쁘게 도망치는 자기들만 살려고 도망치는 폐허 위에……

너는

너의 육신 몇 억 배의 바위라도 바술 듯한 의지로 바라볼 그 비극을 끝끝내 사랑해야 할 마지막 사형수의 눈에 아롱거리는 자애로운 광장에서.

갈대같이 여위어 가는 입상立像으로 또 하나 빛나는 지역의 가능을 향하여 온 목숨을 다할 때까지 천지를 뒤삼켜버릴 듯한 모진 폭풍 속에 죄다 헤어져 그래도 최후의 꽃구름 같은 바람이 있어,

펄펄거리는 의기여 오오 기폭이여, 젊은 목숨의 기폭이여.

서정抒情 원경遠景

1

많은 꽃송이들이 피어나는 꽃밭…… 꽃밭 속에서 파아란 파아란 창窓이 트이는 소리. 햇살같이 눈부신, 아직은 어린 젖가슴들이 어룽진 파아란 창이 열린 꽃밭 봄나비같이 연한 나래를 펴고 오는 시름이 파아란 창이 열린 꽃밭에도 있었다. 꽃망울들이 어루만져보고 싶은 부드러움들이 모여 마구 속삭이는 꽃밭. 꽃밭이었다. 파아란 창이 열린 꽃밭에 여우비도 지나…… 꽃배암이 꽃잠을 한참 자고 가고 멀리에서는 나비 한 마

리 날아올 것 같은 정오正午. 우리네 마음에 간절히 살고 있는 춘향春香이
그네 타는 치마폭 미소微笑와 강江물. 신라新羅 에밀레종鐘이 들리는 듯
이 밤은 눈물도 달아라. '꽃밭'에서,

2

칠색의 꿈도 은잉어도 담은
아름다운 새색시의 젖가슴이었습니다
커어다란 연꽃도 피워보십시오.
풀잎 같은 시름도 띄워보십시오.
오랜 천 년의 푸른 맘을
가만히 가만히 옥인 양 고이 지녀……
아쉬움에 못 견뎌 몸부림치는,
새색시의 부드러운 사월의 젖가슴을
남몰래 남몰래 보십시오
아지랑이 피어나는 그렇게
멀리 보십시오. '호수'에서

3

어디로 안기러 가는가. 푸른 하늘을 지나 어디로 안기러 안기러 가는
아름다움인가. 황소가 우는 두메를 지나 양이 우는 벌판들을 지나 푸른

하늘 푸른 하늘을 날아 고운 춤에 지친 나래는 어디로 안기러 안기러 가는 아름다움인가. 바람에 폴폴 날리는 흰 눈 같은 것이 너무나도 연약한 것이 어미도 없이 바다보다 끝이 없는 하늘을 날아가는 것은 어디로 어디로 안기러 가는 아름다움인가. 어서 오라고 반기려는…… 활짝 열어 놓은 창도 없는…… 다만 하늘 푸른 아래 황소가 우는 두메를 지나 양이 우는, 어설피 우는 벌판을 지나 어디로 안기러 안기러 가는 아름다움인가. 춤을 추고 싶어서 지치도록 애기 춤을 추고 싶어서 푸른 하늘이 노怒하여 소나기가 떨어지기 전에 어느 꽃밭을 찾아 멀리 안기러 안기러 가는 눈물 같은 아름다움인가. '나비'에서

4

찬바람이 내 볼을 스치고 쌀쌀히 지나는 어느 지역 푸른 하늘에
내 마음 타도록 고운 행렬이 지나는가
바람과 같이 지나가는가.

다시 북방. 어느 머언 지역을 찾아 가는가
꽃밭보다 살얼음 강을 찾아
행렬마저 지치지 않는 기러기.

까마득한 하늘가, 어느
끝없는 외로움이 울어 울어 북방을 가는가

나도 차디찬 북방. 어느 지역의 하늘 위에서 유랑의 너처럼,

울어보고 싶은 기러기.

아아 누구의 목이 끼룩한 슬픔이었을까
고향도 없는가 어디를 가는가 가는 곳은 자꾸만 북방.
살얼음 강을 찾아 가는가
나보다는 '통행금지구역'이 없어
자유란 너.
금 가지 않은 유리창엔 고운 행렬 행렬……
아름다운 행렬인가 어느 북방을 찾아가는 행렬인가
너희네들도 모르는 무슨 무슨 행렬인가.

꽃밭보다 살얼음 강을 찾아
울고, 울고 가는 기러기…… '기러기'에서

접동새

　새벽닭이 울도록 못 잔 일을 생각하면 내 심장은 거멓게 모두 타버렸
는지도 모른다 그것은 누구에게 버림받아 우리 누이들이 뼈저리게 우는
슬픔 같은 것인지 모른다 그렇지 않으면 나와 언제 한번 좋지 않은 사이
가 되어 저렇게 무어라 타이르는 목소리인지도 모를 일이다.
　촛불을 꺼버리고 울 수만 있다면 나도 한 번쯤은 그렇게 울어봐도 좋

은 일이라 생각된다 꼭 어데선지 진달래빛같이 타오르는 너의 목소리…… 새벽닭이 울도록 못 잔 일은 내 심장이 거뭏게 모두 타버린 너의 가슴을 찢는 그것인 줄 모른다.

나비에게서

누구를 위하여 온 계절季節인데 저렇게 곱고 고운 나비들이 어디서 날아 왔을까.

한 마리 나비를 어린 마음으로 조마거리며 잡아볼까 그런 마음으로 왔을 것인가.

저것들이 날아간 자국은 공중空中도 꽃밭 같은 것일까 무언지 모르게 아지랑이 같은 자잘한 무늬를 놓는 오색五色의 꿈인가.

나비들아— 귀여운 아이들이 모여 좋아하고 손뼉 치는 가난한 고을에 한나절 기쁨 심어주고 날아가면 어쩔까.

정靜과 여인女人과

그렇게까지 짙지 않은 사월四月 첫 복사꽃 빛깔의 연한 두 볼을 부비며 여름의 무성한 나무 그늘 같은 데 보듬겨 있었을 때 나는 긴 강江의 흐름 곁에서 참으로 풍족한 노래를 들을 수 있는 일 아닙니까.

깊이를 알 수 없는 구슬 늪이 창窓같이 열린다 눈. 우리들의 가슴은 노을 같은 연한 무늬로 채색한 아지랑이가 피어오르고 그만 나는 봄에 돋아나는 풀순 같은 데 앉아 징글징글하게 고운 입맞춤을 꿈꾸고 있는 일 아닙니까.

정말 이 긴 겨울이 풀리는 강江은 당신의 눈을 감는 데서부터 시작해서 따시한 햇살과 꽃밭을 뿌리는 무덤보다 더 조용한 어느 머언 산골의 양지陽地 같은 것이 아닙니까.

정원庭園 같은 애인愛人

언제부터 이런 꽃과 수목樹木들로 위치位置하여 조그마한 하늘과 창窓을 가지게 되었던가 온갖 새들과 나비들도 와서 쉬고 가지요.

언젠가. 한번쯤 뜻하지 않고 놀다 가면 흰 구름과 같이 찾아오고 싶은 고향故鄉인가 귀뚜라미 울음도 밤의 퍽 서러운 일들도 여기 모두 있지요.

이런 풍부한 당신 곁에 앉아 지나간 일들을 또 다가올 머언 일들을 생각해보는 것인가 정말 그것은 우리들의 아지랑이같이 피어나는 봄, 봄, 봄인가.

나무 그늘

가슴 밖에…… 지금이라도 피어날 듯한 꽃들을 무지하게 머금은 철 어린 새가 사내*들의 품 안을 온통 느끼며 저물어가는 어스름.

눈을 뜬다. 당신의 숨결이 맑고 상냥한 눈짓이 또 검은 머리카락이 아지랑이 피는 봄 위에 살 녹일 듯 고운 입맞춤이여.

이쁘지도 못한 누구를 보듬어보는 태초의 체온體溫인가…… 저 수많은 새싹들이 구름같이 무성히 피어나고 자라나며 당신을 기억記憶케 해 주는 언제까지 버리지 못할 저를 기르는 양지陽地. 사랑에 타는 눈, 눈, 눈, 눈……

---

* 원본에 '시내'라 되어 있으나 '사내'의 오용으로 보임.

산山 열매

　여러 험한 풍랑風浪을 겪은 뒤의 이야기입니다. 그것은, 돌아올 내년
來年 봄쯤 신부新婦될 새악시의, 혼자서 가지는 부끄러운 비밀秘密과,

　진종일을 숨어서, 겨우 살아난 얼굴. 또 아지랑이같이 겪은 지난 일
들— 누구 하나 반갑게 봐주지 않았던 이 결정結晶 같은 것은, 산山과 밤
이 기억記憶하는.

　미더운 과묵寡默을 지닌 채, 몇 번이고 몇 번이고 살아 나가면 신라新
羅와 같은 나라가 또 하나 과연 다가오리라 믿는 아름다운 아름다운 이
야기입니다.

사랑의 눈

　미칠 듯한 괴로움으로 울리는 서로의 마음에 아무 까닭 없이 창窓은
열렸다는 암시暗示입니다. 혹시 꽃밭이라면 필연 나비들이 수없이 날아
도 좋았겠고 그런 것이 혹시 아니었다면 눈물의 긴긴 강江이 되어 흘러
도 좋은 것이었습니다. 여전히 오늘도 가고 오는, 풍랑 치는 풍속風俗 속
에서…… 누구도 모르게 마음을 주고받는 뜻은 얼마나 많이 울고 울어

서 트이는 창(窓)과 무슨 색깔로 넘치는 꽃밭입니까. 이것은 신라(新羅)의 가시내들과 머슴애들에게도 한 번쯤은 지니게 한 터질 듯한 아름다운 것이 아니면 하늘마저 꺼질 듯한 한숨의 암시(暗示)였습니다.

가을의 소녀상
—R. M. 릴케…… 사랑에도 외로움은 따른다—

당신의 꽃보다 고운 마음에서 우러나온 이야기를
나의 귀에 속삭여주십시오.

바위에다 꽃도 피울 수 있고 창에다 보석 별들도 수놓을 수 있는
당신의 고운 마음을 나에게도 나누어주십시오.

장미보다 아름다울 수 있는 따스한 품 안으로
나를 아늑히 보듬어도 주십시오.

당신의 시드는 꽃보다 고운 서러움에서 뇌어 나온 눈물을
나에게도 항시 흐르게 해주십시오.

언제나 빙그레 웃으시면 꽃구름보다 곱게 떠오르는 당신의 자애로움
을 출렁거리게 해주십시오.

외로워도 서러워도 당신을 믿어보고 살 수 있다는 아름다운 힘을
나의 마음속에 오월의 하늘같이
펴주십시오.

당신의 꽃보다 곱게 지닌 가슴속의 노래를 나의 입으로,
부를 수 있게 어느 때나 해주십시오.

광장의 소년상
—R. M. 릴케…… 나의 울음은 시詩란 과실로. 그리고 당신은—

황소를 몰고 가는
해마저 져버린 붉은 노을 길이었습니다.

초원에는 한 마리의 흰 양이
슬피 부르짖는 소리만
들렸습니다.

자꾸만 아쉬운 푸른 하늘도 사라진 채
캄한 커튼엔 별들이 나는 마음이었습니다.

물결도 일지 않는 어느 고요한 못가에서
무지개를 잃은 듯한 홀로만의 안타까움이었습니다.

따사한 모습을 그리는 목메임은
이슬 같은 눈물들을
곱게 뿌려 놓는다는 시詩들이었습니다.

어디메서는 꽃보다 곱게 간절히 생각해줄 사람도 있으려니 믿으면
마음 아픔은 진정 출렁거렸습니다.

그리고 나와 마음이 분명 닮은 그런 애가 어딘들
푸른 하늘 밑에 있을 것을 믿으면
시달려도 살고만 싶었습니다.

시집詩集들이 그 누구의 얼굴보다 또렷한 방 안에
그리움보다 곱게 떠오르는 모습을 안고
몸살을 시작했습니다.

이따금 어두움의 봉창 너머로 하나 둘……
별들의 속삭임은 어떤 아이들의 고운 소식을
전해주는 사연이었습니다.

나비와 철조망

지금 저기 보이는 시푸런 강과 또 산을 넘어야 진종일을 별일 없이 보낸 것이 된다. 서녘 하늘은 장밋빛 무늬로 타는 큰 눈의 창을 열어…… 지친 날개를 바라보며 서로 가슴 타는 그러한 거리에 숨이 흐르고.

모진 바람이 분다.
그런 속에서 피비린내 나게 싸우는 나비 한 마리의 생채기. 첫 고향의 꽃밭에 마지막까지 의지하려는 강렬한 바라움의 향기였다.

앞으로도 저 강을 건너 산을 넘으려면 몇 '마일'은 더 날아야 한다. 이미 날개는 피에 젖을 대로 젖고 시린 바람이 자꾸 불어간다 목이 빠삭 말라버리고 숨결이 가쁜 여기는 아직도 싸늘한 적지.

벽, 벽…… 처음으로 나비는 벽이 무엇인가를 알며 피로 적신 날개를 가지고도 날아야만 했다. 바람은 다시 분다 얼마쯤 날면 아방我方의 따스하고 슬픈 철조망 속에 안길,

이런 마지막 '꽃밭'을 그리며 숨은 아직 끝나지 않았다 어설픈 표시의 벽. 기旗여……

신세대

헐어진 도시 또 헐어진 벽 틈에 한 줄기 하늘을 향하여 피어난 풀잎은 무엇을 의미하는가.

봄, 봄, 봄인가 그렇지 않으면 가을을 말하는 것인가. 모질게 부비고 부비며 혼 있는 자세여.

강물도 흐르고 바람도 스쳐가며 나무들이 손짓하는 그리고 해와 별들도…… 이 영토 위에 조용히 오는 풍경. 살고 싶은 것이나 새롭고 싶은 것인가.

살벌한 틈사구니에서 모질게 부비고 부비고 피어나는 내 가슴의 휴전지대에서 너를, 너를 울리는 나. 나는 무엇인가.

바다. 너는 그 섬에서 노래를 들으리라 무엇을 의미하는 풀잎의 소리를. 한 포기 꽃이 제대로 피어나는 통일을 영토를 세계를……

헐어진 도시에 아직은 창. 창은 있는가 병들고 시들은 봄이나 가을이란 그런 계절이 우리는 없어도 고목 속에 이젠 피어야 할 너를, 너를 울리고 창을 향해야 하지 않겠는가.

사미인곡

　언제까지나 이러한 나라의 벌판이나 험한 산악이거나 바다에서 이야기를 시작해야만 하는 카키 전투복을 입은 창백한 병정은 지독하게 배암을 무담시 죽이고 싶으면서 여태 한 마리 죽여보지 못한 망나니의 슬픈 목숨인가.

　휴전인 채 지독한 봄은 오는가. 어쩌라고 대각선상에 놓인 얼굴과 얼굴들이 오늘따라 유달리 고운 풍경은, 전쟁을 모르는 어머니의 모습을, 미소를 더듬는 어느 태초의 휴식을 찾는 목마른 눈이 아닌가.

　우리들의 금빛 찬란한 해동기는 언제 오는가. 그리고 답답한 벽은 언제 무너지는가 햇살같이 퍼지는 그런, 그런 날의 희망과 꽃밭의 대열은 언제쯤인가.

　신라 천 년의 꽃구름이 우리의 보랏빛 가슴속에 충만히 익어온 수만 열매들의 모양과 얼굴 위에는…… '너와 나와의 가슴에 이 착각의 금線을 누가 만들었는가 금의 비극이 여기서부터 싹튼 것이 요때까지 사랑할 수 없었던가' 이런 수심이 흐르고, 사랑의 자세. 단 한 번 그립고 아쉬운 손짓이여……

　언제까지나 이러한 나라의 벌판이나 험한 산악이거나 바다에서 이야기를 시작한 카키 전투복을 입은 어리고 가냘픈 병정은 찢기울 대로 찢기운 오만 것을 지닌 채. 창을 열면 우선 칠색 꽃밭이 트여오는 이런 귀한 당신을 생각하며 살아가야 할 어느 기구한 왕자의 눈물 많은 목숨인가.

창窓은

열리지 않아요 창은 열리지 않아요

그러면 하얀 커튼을 걷우어 버리어요. 질식의 불모지대에서 화산같이 토하는 1950년대의. 산맥을 넘고 또 넘어 강을 건너는 가시길 같은 이야기를 듣지 않으시렵니까.

열리지 않아요 창은 열리지 않아요

그러면 하얀 커튼을 걷우어 버리어요. 격전지의 하늘 밑 살벌한 벌판에 눈이 부시게 피는 전쟁에 이긴 꽃송이들의 추억과 포화 속에 살아온 이야기와 어쩌면 슬픈 음악을 듣지 않으시렵니까.

열리지 않아요 창은 열리지 않아요

그러면 하얀 커튼을 걷우어 버리어요. 전차들의 피바다를 이루는. 장미가 피는 유월의 어느 날 가슴속의 실내에서 감옥 같은 철장에서. 우리들의 새 한 마리 마음대로 날려 보내지 못하고 소나기 같은 눈물을 툭툭 흘렸다는 소식을 듣지 않았습니까.

열리지 않아요 창은 열리지 않아요

그러면 하얀 커튼을 걷우어 버리어요 '알제리'의 폭동과 '가자'의 전투에서 그리고 우리의 휴전지대에서 우리는 우리들의 바다를 찾기 위해서 잿빛같이 시들어가도 야위어도. 끝내 전사자들이 죽어가면서 외쳤던 한 마디 성음을 유언을 잊지 않고 꽃병에 심어보지 않으시렵니까.

열리지 않아요 창은 열리지 않아요

그러면 하얀 커튼을 걷우어 버리어요 '스티븐 스펜더'가 1945년의 도이치에 남긴 시와 한국의 6 · 25가 준 피비린내 나는 풍경과 슬픈 슬픈 비가悲歌들도 버리고 세계는 피어만 가는 오늘. 나는 나와의 치열한 전쟁에서 인류애에 향하는 시론과 꿈과 사랑을 목숨과도 같은 나의 어머니에게 우선 종알거리고 있는. 이 어둡고 숨 막히는 계절의 이야기를 듣지 않으시렵니까.

열리지 않아요. 창은 열리지 않아요.

그러면 하얀 커튼을 걷우어 버리어요. 이젠 이 고도孤島에 당신과의 벽壁과 철조망을 헐고 부수어서, 나비와 무수한 꽃과 신록의 정오를 의미할 그런 환한 날과 바다. 통일과 자유란 바다여. 이 형벌장에서 피투성이가 되어도 외치고 찾고 싶은 우리들의 영토. 1950년대의 기막힌 이야기를 듣지 않으시렵니까.

능금나무

강물빛으로 배경한 어느 한가을의 짙은 하늘에 능금나무가 한 주 서서 홍옥의 능금들을 가지고 익어가는 사상을 담고 있었을 때,

능금 한 개를 따서 풀밭에 던진다. 아예 말이 없다 어떤 불안도 없다 은근한 여운이 풀잎들을 흔든다 한 개 능금이여.

사상을 담은 저 창을 열어라 음악이 음악이…… 들리고 바람이 이는 조그만한 분위기. 거기에는 태풍의 자세가 밀려오고 넘쳐오고,

차라리 말하지 않는 것은 아름다운 당신. 열리지 않는 저 창 안에는 사월과 오월이, 그리고 여름 가을 겨울이 잠들고, 사랑의 연연한 손짓이 아지랑이같이 피어나는…… 어느 봄의 언저리.

하늘을 가득 배경으로 한 한 주 능금나무. 저 많은 열매들의 의미는 전쟁에 이긴 눈물 같은 것, 서로 익어가는 사상 밑에서, 무성한 나무 그늘을 이루는 세계. 세계여…… 나의 갈망인 완숙. 완숙이여

석상石像의 노래

너를 믿고 살아야 너를 믿고 살아야 하늘과 태양만 있으면 그뿐인 너를 믿고 살아야 계집애 같은 눈물과 웃음의 꾸밈도 없이 벙어리인 채 살아야 너를 믿고 이 목숨이 살아가야.

풀 이파리 타질 듯 징글징글한 더운 여름에 목이 마르면 소낙비를 맞으며 겨울에 매운 바람이 불면 하얀 눈송이를 이불로 만들어 살아야 말 없이 살아야.

누구를 오래도록 지키는 파수병이냐고 바보냐고 비웃어도 살아야 그래도 천 근 무거운 침묵을 지키고 살아야.

오월의 장미는 눈물이 있고 순간에 저버리는 넋이라도 나는 구원한 빛을 하늘에 이고 살아야 아무런 원망도 없이 살아야 넓고 푸르른 하늘 우러러 그 같은 의지로 소리없는 노래 부르고 보란 듯 살아야.

눈물도 쓰라림도 달게 받으며 못난 구실로 나는 살아야 말친구도 없이 그저 적적히 푸른 하늘의 태양을 바라보고 키 작은 대로 부드러운 것도 없이 무상無常한 역사를 노래하고 나는 나는 웃음 한 번 없이 굳어버린 얼굴로 이 누리를 살아가야 살아가야.

바보라고 비웃어라 사랑의 패배자라 비웃어라 그래도 잔디밭에 버섯처럼 피어 영원한 침묵 속에 못난 채 살아야 오랜 세월을 눈물 한 번 없이 살아야 웃음 한 번 없이 살아야.

너를 믿고 살아야 너를 믿고 살아야 하늘과 태양만 있으면 그뿐인 너를 믿고 살아야 계집에 같은 눈물과 웃음의 꾸밈도 없이 벙어리인 체 살아야 너를 믿고 이 목숨이 살아야.

중립지대

내가 나를 미워하고 싶어졌을 때. 나를 믿었던 기쁨과 눈물과 외로움은 차라리 석상石像이 향하여 있는 풍경보다 못한, 강물 위에 띄워 보내고 싶은 그러한 가랑잎 같은 것이었을까요.

내가 나를 미워하고 싶어졌을 때. 나를 위해 있었으리라고 믿었던 사랑도 당신도 또 오만 것도 차라리 높이 솟아 펄럭거리는 깃발보다 못하는 것이라고⋯⋯ 잊은 채 살 수는 없었을까요.

내가 나를 미워하고 싶어졌을 때. 지난날의 여전한 모습으로 도대체 살아갈 수 없을 것 같아요 꼭 그 무엇이 불어오지 않으면 커다란 노도를 헤치고 몰려올 폭풍이라도 이제 나를 스쳐가야겠어요.

내가 나를 미워하는 것은. ⋯⋯사랑도 당신도 아닌 것 같은데 전운이 불고 간 폐허에서 한 톨의 꽃씨를 찾기 위해 나를 미워하는 것이라고 말해볼까요 그래도 미련처럼 내일도 미워질 수밖에 없으리라고 마음 아프게 믿어버리는 것은 무슨 까닭일까요.

도禱

섬 하나 없는 바다에 한 마리 나비가
날고 있다고 생각해보십시오.

어데로 향하여 어떻게 날아갈 것인가.
저리도 연약한 나래를 가지고……

모든 아애들로 피어 잠자는 꽃밭으로,
구름밭으로 찾게 해주십시오

저어 풍랑 많은 바다에 던져지기 전에
한 마리 나비를 어서 가게 해주십시오.

창백한 병원

꿈과 동경에 그득 젖은
내 육신의 이파리들도
이젠,
가을의 병원을 찾는 시간.

가난한 가로수가 대열을 지은
밤이면 몹시도 그 가로수들이나마
사랑하는 이처럼 따뜻한 대화를 주는
이 길을 얼마쯤 가다 보면,

나는 양림교에서 무엇을 잊은 듯이
서 있는 생각하는 낙엽.

여기 슬픔과 외로움이 있는 것
참으로 울고 싶은 가난한 마음아
둘이서 가는 것도 더 외롭지만
혼자서 가는 것도 외로운 길.

어디쯤이나 나를 사랑해줄 사람은
기다리고 있을까
바람에 이파리들이 무수히 날을 때
나는 나의 병원을 뚜벅 뚜벅……

걸어가야 하는 걸.

텅 빈 가슴에
진주알 같은 별들을 심어준
밤이 그리워

시월이 다가오는
귀뚜라미는
그렇게도 울어보았다.

가을을 위하여…….

오월의 미소

가로의 조롱鳥籠과 창에는 봄이 온다
사랑을 잊어버릴 무렵쯤…… 신록도 눈을 뜨면
빙하와 같이 언 가슴에
옛날의 애인의 숨결과 목소리가 들리고

다시 화사한 빛으로 부활해오는
음악실 풍경.

상처입은 나목에게도
잔인한 사랑을 병들게 하면서 걸어오는
수평선 너머의 신화.

오늘쯤은
수많은 새들의 자유의 갈망을, 마음껏
기도해주고 싶은데
지폐가 없어 차라리 울고 싶은 가슴.

어느 선량한 시민은
슬픈 조롱의 새들을 기르는 주인을 위해서,
멋진 자살을 생각해보는
신록의 오월.

이젠, 우리의 쌀쌀한 대륙에도. 폐허에도
또 철조망가에도……
사랑의 비가 내리는 것은
미소의 풍경. 다사로운 애인의 눈이여……

오월아, 너는 하늘을 온통 빼앗긴
조롱의 새를 위해서,
'자유와 사랑의 합창'을 위해서,
심장을 마음껏 태워보고 싶은
별들보다도 귀중한 계절이 아닌가.

사랑 뒤에 오는 여백

사랑 뒤에 이별이란
슬픈 것이네 저녁 들녘 같은 것
내 마음의 눈물이라네.

이것을 알면서도
사랑했기에
나의 슬픔은 보다 큰 것이네

옥이는 꽃수레를 타고
산 넘고 바다 건너
어느 번지 없는 집에서
지금쯤은 꽃밭을 곁에 두고
잠들고 있을 것이네.

다섯 살 먹은 옥아
꿈과도 같은 모습을 가진 옥아
봄이 얼마 남지 않았는데…… 눈이 오는……
눈 내리는 너의 무덤 위에
뿌릴 꽃 조각은
내 마음의 눈물이라네.

무슨 죄도 없이

'고운 폐혈관이 찢어진 채로
아아, 늬는 산새처럼 날아갔구나!'

사랑 뒤에 이별이란
얼마나 많은 편지를 써놓고도
번지를 몰라
내 마음의 끝없는 눈물이라네.

제2시집 『겨울에도 피는 꽃나무』

겨울에도 피는 꽃나무

눈이 소리없이 쌓이는
긴 밤에는
너와 나와의 실내에
화롯불이 익어가는 계절.

끝없는 여백 같은 광야에
눈보라와
비정의 바람이 치는 밤
창백한 병실의 미학자는
금속선을 울리고 간 내재율의 음악을
사랑한다.

눈이 내린다.
잠자는 고아원의 빈 뜰에도
녹슨 철조망가에도, 눈이 쌓이는 밤에는
살벌한 가슴에 바다 같은 가슴에도
꽃이 핀다.
화롯불이 익어가는
따수운 꽃이 피는 계절.

모두 잊어버렸던 지난날의 사랑과 회상
고독이거나 눈물과 미소가

꽃을 피우는 나무.

사랑의 원색은
이런 추운 날에도
꽃의 이름으로 서 있는
외로운 입상.

나는 쓸쓸한
사랑의 주변에서
해와 같은 심장을
불태우고 있는
음악을 사랑한다.

모두 추워서 돌아가면
혼자라도 긴 밤을 남아
모진 바람과 눈보라 속에서
뜨거운 뜨거운 화롯불을 피우리

겨울의 나무도
이젠 사랑을 아는 사람
꽃을 피우는 사람
금속선을 울리고 간 내재율의 음악을
사랑한다.

사랑의 말

너를 향해 서면
무엇인가 온화로운 이야기를
보석같이 주고 싶다.

거울 속에서 내 얼굴을 한참 보듯이
그렇게 말없이 주고 싶다.

사랑은 네가,
나를 영 비워놓고
떠나버리는 허전함에서

비롯하는 아쉬움이나
안타까움의 공간.

아지랑이와도 같이
보일 듯 보이지 않는
아침 안개 속의 귀로.

사랑도 살며시 창을 열 때……
일요일의 우리 공원은
낙일落日 같은 가난이 따른다.

우리 서로 만나도
사랑은 아예 말하지 않는 언약—
은하수와 같은
골목길에서 오히려 울고만 싶은 저녁.

나의 사랑, 나의 사랑의 말은
나만이 기억할 수 있는
호수와 같은
내 엷은 가슴에 전해오는

가을의 과수원이나,
라이너 마리아 릴케의
고독한 편지나,
멀리 흘러가버린
어느 양지 같은 소녀의 꿈을 담은
헤르만 헤세의 구름……

울고만
울고만 싶은 들녘의 기도.

그것은 나의 사랑의 말이다.
사랑의 풍경이다.

악惡의 봄

내 영혼이 시달리는
시가지에도
내 고독이 회색되어 가는
자유항에도 눈물 같은
봄은 내린다.

산과 공원과 포도鋪道 위의 가로수는
청색을 머금는데……

내 나무는 귀로에 서서
더욱 심야를 부른다.

울어도 끝없이 울어도
우리 가난한 시민을 위해
그 누가 보듬어줄 것인지……

내 영혼은
지치고 시달린 시가지에서
빛나는 아침 해를
안아보고 싶은데

자꾸만 의미를 잃은 계절이

나의 주변 가까이 와서
악의 꽃씨를 뿌리게 한다.

모든……
사랑한 체하는
입상立像들에게서 떠나고 싶은,

영원히 부드러운 무덤의
육체여, 음악이여, 바람이여,
나의 고요한 나무여……

도시의 무덤

죽은 뒤에
나에게 남을 단 하나 공지空地는
풀을 가꾸고, 시름 없는
꽃들을 피우게 할
숨은 작업만이 눈을 뜬다.

오늘
그리고 내일도,

아무것도 아닌
아무것도 아닌 검은 시체를 위해서
빗발치는 회색포도 위를
어릴 적 나의 맑은 눈망울도 모르고
걸어가고 있는 것을 보면
지금 나를 위안할 마지막 공지空地는
웃고 있다.

사랑하고 싶도록
연연한 지대에 귀의歸依해
어둠이 아닌 환한 창문을 열고
풀들과 꽃들이
바람과 이야기하는
무언한 대결對決을
듣고 싶다.

이젠 나는 아무렇지 않은
죽음과 더불어
비를 맞고 서 있는 공간에서
검은 전쟁을
시작한다.

표정

원숙한 것들 앞에서
원숙한 것들 앞에서
내 눈은
피로한 오후가 된다.

바람은
나의 내실을
흔들고 가는 쓸쓸한 음악.

자살하고 싶은
사람들이
억지로 사는 도시엔,

화려한 외로움이
저녁 노을처럼
빗발치는 공휴일.

슬프고 아름다운, 행렬
행렬…… 속에서
시달린 이웃과, 얼굴들에서

나는

행복과 산다는 의미를
버린 오후가 된다.

무의미한 곁에서

바람
네가 사온일四溫日의 창을 흔들고
사랑을 말해도 나는 모른다.

바람
네가 빈 의자에 앉아 밤늦게까지
사랑을 여쭈고 가도 나는 모른다.

바람
네 곁에서
나는 풍경같이 서서도
너의 비정한 음성을 모른다.

바람
너의 곁에서 바위같이 굳은
마음이 아니어도

어떻든 너의 얼굴빛을 모른다.

바람
너를 모르는 것은 아닌데
차라리 너를 몰라버린다.

바람
언제나 너는 영웅이 되어

구름을 가게 할지라도
나는 마음속 텅 빈 음악실에서
눈, 눈을 가지고도
너를 모른다.

바람
너는 북향의 창을 흔들고 와서 그런지
네가 나를 모르듯
나도 너를 모른다.

바람
네 곁에서 무슨 환희를 말하랴.
그저 너를 모르고
그저 너를 모르고

바람

네 곁에서 사랑도 절규도, 더욱
슬픔이나 고독한 색지들을.
지도로 그리지 않고
여백 그대로 떠나
조용히 응시해야 한다.
모른 대로 모른 대로
그저 모른 대로

바람아.

병정엽서 病情葉書

너를 곁에 하면
고향은 잃었던 고향은 돌아와
얼마쯤 창을 연다.

눈이 부시어서 눈이 부시어서
창을 연다.

외로울 때 여인旅人 같은 구름은 돌아와
고향을 말한다.

이 높아가는 가을하늘 밑에
외로운
입상立像
너. 여백……

너무 가난해서
버리고 싶기에는.

어느 눈 오는 날
밤의 포옹 속에
동백을 피워보고 싶은
울음의 배경.

너를 곁에 하면
고향은 잃었던 고향은 돌아와
얼마쯤 창을 연다.

흑실소묘黑室素描

나는 원圓의 주변에 앉아
오늘 보낸 고단한

종일을 생각해본다.

소설을 무척 힘들여 쓰는
정형鄭兄의 큼직한 눈과
웃음도 나의 곁에 있다.

음악이 없어도 싫증나지 않는
실내엔 봄이 내리고 있다.

아아 우리 친한 우정끼리
주점을 찾고 싶은 욕망도
소리 없는 눈빛에서 내리고 있다.

너와 나는 원圓의 주변에서
호주머니를 계산하지 않아도 좋은
어두운 지평에 서보는
슬프고 아름다운 애인들이 아닌가.

사수파死守派

꽃밭은 없는가 우리가 잠을 자고 가도 좋을 그런 꽃밭은 없는가 우리의 심장을 익은 해와 같이 태워도 좋을 사랑이란 집은 사랑이란 집은 영영 없는가.

꽃밭이 아니라도 좋고 사랑의 집이 아니라도 좋다 피로 황토흙으로 얼룩진 날개를 위하여선 병실이라도 허술한 병실이라도 있어야 하지 않겠는가 그땐 하늘이란 얼굴과 달밤 같은 손이라도 가까이 오는 향기 아닌가.

그만 지는 꽃잎과 같이 흩날릴 아쉬운 날개. 왜 우리는 이렇게도 모든 것에서 버림받았는가. 사랑이나 외로움은 한없이 까다로운 채 살고 싶은 살고만 싶은 날개의 마지막 생채기. 피는 흘러도 붕대를 감아줄 병실 없는 싸움터에서 아우성 아우성치는 처참한 풍경을 보는가.

이러한 풍랑치는 자리에 신의 눈은 없는가. 우리를 돌봐줄 신의 손은 없는가 황량한 저 들판이 신의 눈이다. 질서없이 몰아쳐오는 성난 파도 같은 저 바람이 신의 손이다. 끝없는 사랑을 위하여 죽어가는 날개 위에 무덤 무덤인들 병은 아닌가.

하늘도 땅도 하나라고 부르고만 싶은데 우리가 잠을 자고 가도 좋을 토요일 정오의 꽃밭은 없는가 심장을 익은 해와 같이 태워도 좋을 사랑이란 집은 없는가. 우리 목마른 아쉬움을 들어줄 천대해도 좋을 그런 집마저 없는가. 옷을 벗어도 말갛게 옷을 벗고 몇 날이고 굶은들 정든 땅 정든 이야기 정든 얼굴 있으면…… 얼마나 아름다운 사랑을 위해서 눈 감아도 좋은 것일까.

꽃밭은 없는가 차라리 병실이라도 없는가 핏덩어리로 산화된 전우의 날개를 묻어줄 한 주먹 고향흙과 그런 양지의 산맥도 없는가 어쩔 수도 없는 날개를 시체 그대로 버리고 날아가야만 하는 또 하나 젊은 날개의 슬픔을 너는 모른다. 죽은 혼이여 네가 부를 신의 이름이 여기 날고 있다. 멀어진 꽃밭을 찾아 병실을 찾아 억세게 날으고 있는 헐어진 고층탑에 마지막까지 남은 산만한 깃발. 아름다운 반항을 눈떠보는 것은 나의 것인가.

고궁 풍경에서

항시 구경을 다아 했다고 생각해도
그 경치를 떠나지 못하는 것은
무엇인가를 더 오래도록
포옹하고 깊이 파묻힌 옥돌 같은
얼굴을 찾아보고 싶어서가 아닐까.

이조 백자기 같은 화문의 마음을

굽이돌아가면 그 뒤안길에는
어떤 이끼 푸른 고궁이 있을까.

꽃밭에는 선녀가 서서
얼굴엔 잔잔한 무늬의 그림자를
수놓고, 산너머 구름 같은 천 년을
먼동과 함께 불러보는
멀고 먼 목소리가 아닐까.

나는 몰라
나는 몰라라
그저 화사한 아양도 좋지만
살벌한 경치가 모든 주위의 병풍을
그릴 때, 끝없이 외로운 것은
누구였을까.

너는 이미 저물어가는
고궁의 뜨락인데
여기에 피어나는 꽃 한 송이는
너를 알고 간 무덤보다도
새 천년의 흰구름이 포도처럼 열려가는
문이 아닐까.

고궁은
짙어가는 고궁의

눈과

너를 끝없이 울리고 가는
저어 하늘가의 보석별들보다도
머나먼 길 위에 핀 한 송이
겨울의 꽃나무.

온갖 빛깔의 사랑을 여의고도 남은……

수정보다 더 맑은
오랜 눈물 빛만을
외롭게 외롭게 담고 싶은
고풍스러운 얼굴이 아닐까.

가로街路의 체온

눈물겹도록 슬픈 일이 있다면
그건
아름답다.
돈암동 종점행 합승을 타면
창경원 앞에서 시작하는

플라타너스 그늘에
누군가의
따순 손이 그립다.

여기는
피곤한 하루라도
걸어가고 싶은 길.

나 혼자만이라도
흘러가고 싶은
길이다.

모든
사랑하는 사람을
고향에 두고
빈 가슴으로
빈 가슴으로 걸어가면,

이 머언 길 위에도
비로소
시인을 알아주는
애인의 맑은
눈이 있다.

플라타너스는 길 위에

버림받은
나는, 어쩌면
순진한 부랑아.

눈물겹도록 외로운 일이 있다면
통행금지 몇 분을 두고도
이 길을 걸어가는
밤은
아름답다.

낙엽들의 휴일

나는 고독한 위안을 마시며
가을이란 허전한
계절에 서 있다.

사랑도 흘러간
모든 추억들도 잠자는 바람.

텅 빈 실내에 앉아 우정을 부를 때
창 너머에는 가을이 걸어오는 모습.

나의 고향에도 우리들 모든 별에게도
바람에 날리는 쓸쓸함은 손짓하며
서 있다.

이제 회답을 쓰지 못한 친구들에게도
긴 사연을 올릴 수 있는
가을.

바람이 바람이 불면
친구는 황색이 짙은
나의 쓸쓸한 편지를 낙엽으로 받으리……

산다는 괴로움과
산다는 허전함이 바람에 날리어

지표없이 굴러가는
눈물겨운 우정끼리의 휴일.

나는 고독한 위안을 마시며
가을에 서 있다.

회색지 灰色地

나에겐, 나의 주변에서는
나를 애무해주는
그늘이라곤 없는 칠월의 회색지가 있을 뿐.

음악과 회화와
그리고 육체의 썩어가는
조각에서 느끼고 싶었던 모든
의미들을
안개낀 머나먼 항만에
보내드리고 싶다.

슬픈 종일을 느끼게 하는 나를,
이 육체를
녹슬은 철조망의 사슬에
나비처럼 두고 싶은
불모의 영토가 있을 뿐.

시와
나의 순수 우정과
모든 언어들의 주변에서 떠나
이역異域의 바다빛 나의 기旗를
슬픈 대로 슬픈 대로 펄럭이고 싶은

불타는 야망이 있을 뿐.

'아아'
나는 왜 이렇게 소리질러야 하나
피가 나오도록 넘쳐 밀려나오도록
소리질러야 하나.

세계의 가족
광장의 가족. 참으로 무의미로운
사랑할 줄 모르는
가족과 나에게……

애무의 그늘이라곤 없는
칠월의 회색지와
갈망의 '눈' 이 있을 뿐.

광장廣場의 목소리

슬픈 입상立像을―

어느 정오의 낙엽들에게

바람 부는 날
바람 부는 날
묻어버리고 싶다.

도시의
모든 목소리는
사랑도 메마른 휴일이거나
여백.

이야기하고 싶은 것은
노래하고 싶은 것은
겨울의 광장으로
가로수들처럼
나의 앞에 머무는 시간.

창백한 손을 들어도
창백한 이름들을 불러도
생활은 낙엽같이 모이는
쓸쓸한 하루.

모두 보내고 난 뒤에
회색의 마음은
말없는 별들과 더불어 걷고 싶다.

이글거리는 사온일四溫日의 체온도,

나눌 수 없는 한대寒帶에는
슬픈 새들만 울고 가는 어두운 골목안.

아늑한 집들을 잃어버린
앙상한 고아가
역驛을 찾아가는
살풍경이 바람 부는 날.

슬픈 입상을

어느 정오의 낙엽 무덤에
바람 부는 날
눈보라 치는 날
묻어버리고 싶다.

밤은 말하여 준다

나의 내부에 있는
정신의 도시에
지금 은근히
밤은 개업을.

육체들은 육체들은
색지의 삼림森林으로
아쉬움도 없이 멸망해가는
밤을 사랑해보려고 한다.

생활에 외로운 사람들은
생활에 고달픈 사람들은
자꾸만 늘어가는 주점을 찾아
은잔을 옆에 두고
오지도 않을 연인을
어리석게 기다리며 혼자서라도
우정 깊은 주정을
피워보려고 한다.

어수선한 머릿속의 뒷골목……
많은 별들은,
머나먼 들판을 가버리고
귀로歸路 같은 나에게는
밤 십이시十二時가 가까워 온다.

나는 어느 나라의 나그넨가.
역으로만 밀려가고 싶은
구름 같은 나그네에게
눈물이 있는 고독의 포장이여.
그것만이라도 떨고 있는 나를

고아처럼 버리지 말고
포옹해줄 수 있다면
나는 다시 태양과 사랑속에서
생활자의 어설픈 노래들을
잊지 않으려 한다.

밤
지금 나의 정신의 도시에
'네온' 의 풍경은
겨울에만 느끼는 체온을
바다와 같이 보내려고 한다.

귀로 같은 나에게
밤 십이시十二時가 가까워 온다.

설원雪原에서도

나목裸木이 떨고 있는 것은
바람과 이야기한다는
심장心臟이다.

달 그늘에 나목이 더욱 떨고 있는 것은
벽을 넘지 못하는
우리 주변의 서럽고 서러운
조각조각 떨어져 나갈
깃발의
음성이다.

눈이 소리 없이 쌓이는 밤에
누구 하나 찾아 오지 않아도
병든 고아는
바람만 있으면
슬프지 않는 사랑에 산다.

나를 울리는
그런 연약한 것들아

나는
이렇게 설원에 나목처럼
서서 있을지라도……

더욱 추운 바람만 있으면
그 바람의 손을 어루만지며
울지 않을 것을 결의決意한
심장이다.

보라 오늘 눈속에 파묻혀 핀
뜨거움을 너에게 주는……

바람아.
북국에서 남국에서도
벽 없는 나의 숨결을 전하겠지.
보석보다 귀중한
이름으로……

안개 같은

안개 같은 것이었을 것을
차라리 안개 같은 것이었을 것을
오늘도 내 마음을 색감色感할 때
나는 차라리 안개 같은 것이었을 것을
도심의 현기증 속에 유동流動했을 때
나는 안개같이, 오전에 지는
나팔꽃이었을 것을, 어둠에 사는
입상이었을 것을
모든 음音과 미美를 떠난 도시,

나는 그런 안개와 같은 이웃이
분명 있었을 것을…… 해가 미소微笑하기 전에
별들이 가기 전에, 안개 같은 것이었을 것을
내 마음을 색감하는
내 마음을 색감하는, 어둡고
어두운 주변에서 나는 안개여야
했을 것을……

고독한 여행자

1

봄, 봄이여,
나의 젊음을 너의 교실에
잠깐 머물게 한다.

너는 오늘쯤
세종로나
종로 꽃집이나
어쩌면 광화문 우체국 앞에서
어느 쓸쓸한 고향을

빈 가슴에 담아볼 것이다.

사랑이란
보고 싶은 것
사랑이란
심야와 같이 깊어가는
안타까움이다.
사랑이란, 사랑이란 더 한층 외로운 여백이다.

2

날개가 없는 슬픈 하루여.
봄은 다가와서 우리의 얼었던 마음을 일렁이게 하여도
미소가 넘치는 조롱鳥籠의 영토領土. 참으로 나의 집은 없다.

돈을 주고도 살 수 없는 계절이
우리의 허술한 젊음을 어루만져준다.
그러나 젊음은 오히려
우리에겐 괴롭다.

선생님 없는
교실에서
낮잠을 자는 여행자.
바다의

바람이여
잔인한 봄이여
충장로의 서먹한 흐름이여
어느 화려한 지대를 걸어도
고독에 여윈
애인의 얼굴이 보인다.

사랑이란 언제나
고독한 봄같이 가면
또 찾아오는
메아리며, 아쉬운 얼굴.

3

어느 봄의 낯선 주점에 앉아
미치자고 미치자고
술잔을 들어도
오히려 내가 더 또렷해지는.

은칼을 높이 들고
내 얼굴을 내 육체를 내 정신을
내 젊음을 갈기갈기 찢어버리고
미치자고
어느 소란한 거리에서 통곡을 할 때,

사랑이란 다정한 이름들은
나를 증오하고
모른척 흘러갈 것이다.

나를 사랑했던 여인들은 남의
어머니가 되고
철어린 학생들은 나에게 포탄같이
무수한 돌팔매질을 할 것이다.

그때, 나는
핏덩어리가 된다, 봄이 된다, 무르익은 꽃이 된다,
나의 사랑하는
허무한 젊음이여, 이름이여,
날개 없는 새여, 나의 사랑
애증의 살벌한 기旗여.

4

봄.
우리는 우리의
조그만한 집을 찾아
주점을
항구를
충장로를

무등산을 떠난다.

우리가 마지막 부르고 싶은
젊음이 짙어가는
파도와 같은 합창.
그는 먼 원경遠景에 있는
우리의 다정한 집이다.

우리는
우리의 집을 위해
모든 것을 버리고 떠난다, 안녕 안녕!
타락하고 싶은 젊은 반항이여
샤를르 보들레르는
나의 젊음을 나의 병든 청춘을 무성히 키운다.

5

내일이 있다면
나에게도
내일이 온다면
또 하나의 가련한 봄은
나의 진실한, 연분홍 빛
서울의 집에
영원히 머물러 본다.

고독은 가고, 또
고독은 섬처럼 남고, 나도
고독과 함께 가고
나의 생명의 기인 흐름이여.

나의 집은
언제나 멀리서 쓸쓸하게 흔드는
야윈 손과도 같은
창백한 고독 그것이다.

봄, 봄이여,
나의 젊음을 너의 교실에
잠깐 머물게 한다.

가을에도 눈물은

지금 서울 포도鋪道 위의
가로수들은
가을을 가득 머금고
오고 간 지난날의 사랑과 우정들을
마지막 생각해본다.

고달픈
가을 흑실주점에도
폭풍과 홍수가 던져져
슬픈 행복을 애무해본다.

사랑을 잃어버린 지역
우정을 잃어버린 지역
고독도 먼 항구에 떠나보낸 지역.

우리들은 모두
이런 숨가쁜 지역에 서서

가슴안에 떨어질 낙엽의
병든 반항을 본다.

토요일 정오의 홍수와 폭풍에
평화한 조롱의 문은 열리어
어머니를 잃은 작은 새들도
숨이 가는 한 괴로운 목숨으로
슬픈 행복을 애무해보는 날.

가을아
우리들의 모든 가을아
어설픈 명동의 '피앙세' 들은

눈물겨운 언어도 모르는 휴일에

나는
슬픈 행복을 더듬는
플라타너스의 마지막 가을에 깃든
파아란 눈동자를 보며
눈물의 아쉬움을 들어본다.

밤의 온실

술을 마시면
술을 마시면
더욱 나는 젊어지는
심장에 묻혀 산다.

주점을 나와
모든 우정이 가고 난 뒤의
포도鋪道를 걸으면

플라타너스 마른 가지 너머로
별들이 다정스레

눈짓하는 참으로 고운 시간.

머나 먼
내 애인의 가까운 체온도
찾아서 온다.

그런 우리의 익어가는
고향.

한동안 잊을 뻔한
고향에 다시 묻혀 살고 싶어진다.

모든 우정이 가고 난 뒤의
텅 빈 어두운 포도 위에, 나 혼자
나 혼자
여백같이 남으면
외로운 플라타너스는 그나마
눈물만 남은 사랑을 말해준다.

모두 떠나고
여기 나와
외로운 플라타너스만
남게 할 때,

고향을 바라보는 별들에게

어머니의 소식을
묻고 싶어진다.

소묘집素描集에서

1. '바람에게도'

어느 날인가
병상에서 너의 서러움을
들은 적이 있었다.

너는 이내 조용히
흐느끼고 나의 창 주변을
흔들고 갔을 뿐.

무척 누구인가
그리웠던 시간도.

너는 자욱만 남겨 놓고
쓸쓸히 사라져버리는
고독.

어느 날인가
병상에서 너의 위안을
들은 적이 있었다.

2. '바람과 상像'

바람 속에서도
바람 속에서도
나는 어쩔 것이냐.

눈보라를 받아
폭풍을 받아
나는 어쩔 것이냐.

얼굴엔 동상을 입어
찢기울대로 찢기운
나는 어쩔 것이냐.

기러기는 기러기는
북향을 가고
나는 어쩔 것이냐.

눈만 남은
너를 보는 눈만 남은

나는 어쩔 것이냐.

바람 속에서도
바람 속에서도
나는 어쩔 것이냐.

3. '바람의 미학'

바람은
어느 날 나에게.

'미美와 음音의 무형無形한 체온으로'

병실을 찾아와서 이야기하였다.

바람……

꽃밭으로 넘어가는
아름다운 그늘에 열리는
머언 먼 목소리……

다시는 들리지 않는
메아리가 남기고 간 은은한 신호흡新呼吸.

무한한
우리들의
사랑스러움이여……

어느 여인숙

폭풍 같은 세상을 버섯같이 서 보며 있었다.

고요한 음악이 항시 흘러가는 꽃밭은
오늘— 누구의 무덤이 되어 검정 상장喪章을 한
흰나비 몇 마리 서글픈 배회를 하고
돌아간 채 영 기다려도 오지 않는 괴로운
기도를 주시고, 바다도 하늘도 아닌 어느 곳쯤에
머물러 내 뜨거운 눈물과 외로운 사랑을
엿보는 일일까.

모든 거센 바람이 스쳐간 과수원.

이젠 노여움과 괴로움도 모두 잊어버리고
꿈 아닌 그 무엇인가를 향하여, 창을
활짝 열고 눈부시도록 고운 햇살을,

옴속 받아들이려는 이 아쉬움…… 언제나
열매 맺는 나의 기도는 이루어져 오실까.

오늘. 또 폭풍 같은 세상을 버섯같이 서 보며 있었다.

꼭 언젠가 돌아올 몇 마리 나비와, 언제
한번쯤은 익어갈 과수원. 그런 것을 생각하면
참으로 놀라웁고 즐거워지는 머나먼 기다림.

지금 나는 그러한 음악을 외로운 여인旅人처럼
듣고 있는 것이다.

외로운 여인旅人처럼
외로운 여인旅人처럼
사랑이란 사랑이란 음악을 듣고 있는 것이다.

음악을 아는 나무

저만큼 사계절이 있는 전원을 돌아와 본다. 그 아득했던 원경遠景은
사랑으로 물들어 또 하나 나를 아쉽게 울리는 내 음악이다.

먼 옛날에도 있어본 것처럼
먼 후일에도 있어야 할 것처럼

누구의 것도
누구의 것도 아닌
내 음악이다.

전원에는 오월의 풀순이 양지陽地롭다.
나를 배경으로 하는 수묵水墨의 숲이
나를 억년으로 이끄는 자장가의 숲이
노래를 부른다, 춤을 춘다.

사랑이 익어가는 황금빛 나무. 사랑이 익어가는 은은한 고요함이 깃
든 나무여.

모든 금관을
금관을 버리어도
버리지 못할
그건 나를 충실로 차게 하는, 참으로 가을 같은 흐름이다, 내 음악이다.
이제 또 원경遠景으로

돌아선 여기쯤에서

네가 철어린 아가와 같이 마음껏 울었던 공원도, 네가 나를 기다리게
한 원효로행 전차를 덕수궁 앞에서 또 한번 오래도록 기다려주고 싶은

생각도…… 밤의 가로街路와 어느 스산한 교외郊外의 밤도…… 네가 이별을 아쉬워했던 최초의 어머니를 버린 것 같은 역전광장 풍경도……
비 내리던 그날 밤의 이야기와 같이 내 눈에 귀중한 별들을 머금게 하는 아무튼 흐르는 고풍의 향기로움이다, 내 음악이다.

사랑이 물들어 황금빛으로 익어가는 외롭고 외로운 나무.

오늘은 모두가 아닌 가을이란 한 부분을 저만큼 두고 보는 어느
중년 시인의 겸허한 사랑과 존경과 이해가…… 어린 나무에게도 채색되며 흐른다, 그 미소로운 원경이여……

우리 가을과 쓸쓸히
사랑의 피안彼岸을 걸었던 사람들.
이별이 이별이 숨가삐 돌아올 때, 검은 귀로歸路에는
이렇게 생각나는. 차창마다 별들의 음악을 남겨두는
외진 구름의 고향.

여기 서 있는 만월滿月이여, 비정의 눈이여, 마음이란
어쩔 수 없는 차고도 뜨거운 흐름이여, 아름답기보다
객혈하고 싶은 나의 병든
창백한 음악이여.

검은 침실

잠이 들었습니다. 어두움 속에 눈뜬 아가는 잠이 들었습니다. 마지막 램프마저, 꺼져버리면…… 영영 어두움 속에 철없는 아가는 잠이 들었습니다. 어느 녹슨 파편처럼 잠이 들었습니다.

아가는 왜 이런 어두운 속에 눈을 떴는지 그 의미도 모르고 씨근씨근 잠이 들었습니다. 바람이 불어와도 눈보라가 사정없이 내리어도 잠이 들었습니다. 아가는 엄마를 잃은 아가는 잠이 들었습니다. 장난감이란 호사스러운 것도 없이 덕지덕지 떨어진 이부자리에 잠이 들었습니다. 봄이 오는 줄도 모르고 장작개비처럼 누워서 잠이 들었습니다.

어느 다른 나라 아이들의 무지갯빛 고운 동화도 가난한 엄마의 사랑도 여의고 한 끼의 콩밥을 꿈에 담은 채 잠이 들었습니다. 누구를, 누구를…… 누구라고 부를지도 모르고 목이 탄 얼굴은 잠들고 있습니다. 장밋빛보다도 아름답게 잠이 들었습니다. 깊은 잠이 들었습니다.

아가는 이따금 떨어진 호주머니에 십 환짜리 잔전을 넣고, 만져보고 싶었습니다. 이웃에 사는 털옷 입은 아가들이 구멍가게에 가서 앵도사탕을 사가지고 가면 종일 그것 부러워서 입술을 깨물다가 잠이 들었습니다. 한숨을 쉬며 깊은 잠이 들었습니다.

방에는 불기도 없습니다. 아가들은 지금까지 양지와 음지를 생각할 겨를도 없이 잠이 들었습니다. 저 무수한 하늘의 보석별들이 아름다운 것인 줄도 몰랐습니다. 밤이 되어도 별을 본 적이 없습니다. 한 끼의 깡통밥을 위해서 눈치에 눈뜬, 그 많은 아가들이…… 다수운 체온이란 애당초에 만져보지 못한 채 잠이 들었습니다.

신神도 그 가슴에 빈 채 잠이, 깊은 잠이 들었습니다. 잠이 들었습니다. 이 한밤을 잠이 들었습니다. 눈물도 흘려보내고 잠이 들었습니다. 누가 반갑게 찾아와서 장난감을 사주고 갈 기다림과 설레이는 그리움도 없이 추운기 드는 이부자리에 목을 파묻고 잠이 들었습니다. 새벽닭이 울면 두 손을 호호하며 사시나무처럼 떨고 있는 그 아가들이 잠이 들었습니다. 모진 십이월의 방공호 같은 어두움 속에 안겨 깊은 잠이 들었습니다.

한끼의 깡통밥으로 저물어가는 아가들이 잠이 들었습니다. 그 아이들의 사랑은 장난감도 없이 잘 저물어갑니다. 아름다움과 꿈만의 호수여야 할 유리빛 가슴들이 큰 상처를 입고 잠이 들었습니다. 한 송이 은은한 꽃향도 꽃향도 모르고 잠이, 깊은 잠이 들었습니다.

잠이 들었습니다. 고향 소식 없는 아가들이 잠이 들었습니다. 혼자 어느 양지밭에 쪼그려 앉아 울어도 울어도 달래어줄 형제들이 하나도 없는 아가가 잠이 들었습니다. 아침이 와도 검은빛 안개와 더불어 사는 아가가 잠이 들었습니다. 어느 포수에게 피를 흘리며 끌려간 어미 사슴도 모르고 잠이 들었습니다. 어느 녹슨 파편처럼 잠이 들었습니다.

잠이 들었습니다. 엄마의 품안에 남들 아해처럼 있고 싶은 아가가 잠이 들었습니다. 언제까지나 고향을 찾을 수 없는 사랑에 여윈 아가들이 잠이 들었습니다. 달밤보다 서러운 서러운 사슴, 아해들이 잠이 들고 있습니다. 목마른 엄마를 빼앗긴 사슴들이 진정 꿈을 깰 때는 장난감보다 한끼의 콩밥을 더 많이 달라고 마음 한구석에서 외치는 어두움 속에 눈 뜬 어린 생명들이 혹독한 긴 잠을 자고 있습니다. 살아보려고 끝까지 살아보려고 잠들었습니다. 아가는 꼭 와야 할 자장가를 꿈에 담고 깊은 잠이 들었습니다.

음모일지 陰謀日誌

나를 위하여 울어주고 싶은 밤이 되어라 남이 아닌 나를 위하여 울어주고 싶은 밤이 되어라 나의 집은 아직도 내 나라의 전운戰雲이 가시지 않은 어두운 집이구나 오늘도 내가 가야 할 집은 그러나 이 집뿐이구나 행복이나 불행 같은 것이 없는 상태 그것은 무엇 무엇일까 내가 너무 웃고 사는 것은 더러는 사랑도 말하는 것은 아무 아무도 모르고 바다를 넘어온 문화국이란 이름의 쓰다 남은 깡통을 든 고아 너뿐이구나 너는 너만을 위하여 울고 있는 장한 것이 아니냐 어쩔 수 없이 병든 주정뱅이는 무엇인가 취해서 정신이 없어도 너와의 단 십 환의 상봉은 인연이 없다. 너는 육신을 깎는 찬바람이 불어도 그저 울고만 있구나 차라리 죽어라 죽어라 진정 잔인한 말은 아니다. 그러면 명절날이 아니어도 어느 산에 가게 되면 아무 무덤이라도 대할 때 너의 이름을 얼굴을 몰라도 정중히 나는 인사해주마 돌아가 살고 싶은 모두 떠나서 돌아가 살고 싶은 날은 나를 위하여 끝없이 울어주는 밤이 되어라 남이 아닌 나를 위하여 울어

117

주고 싶은 밤이 되어라 나의 집은 심장이 다아 타버리도록 어두운데 반갑지 않은 아침 해는 또 눈을 뜨는 우리들의 음모를 기르려 하누나 나를 위하여 참으로 울어주게 하여라…… 아아 울어주게 하여라.

뒷골목의 수난사受難史

　나는 열아홉 살 국적이란 가져본 적이 없는 수난의 외딸입니다. 나의 어머니는 어느 몽고족인가. 나의 아버지는 어느 아메리카인인지도 모르게 낮이 없는 해가 없는 골목길에서 사계절에는 빈 몇 백 환이란 봄으로 자주 학대를 받고 있습니다.

　나는 언제부터 도살장보다 못한 이런 번지 없는 시장에 팔려 왔는지 주인 없는 누구의 노예인지도 모르는 외딸입니다. 돈만 얼마로 홍정되면 나의 봄은 값 헐게 팔려가는 나로서는 어쩔 수 없는 귀중한 은행. '애크로마이신' 몇 대를 맞아도 아무 기미가 없을 청춘이 상실된 내 가녈픈 몸을 무수히 흔들고 가는 술주정꾼들에게 희생을 주면서 내 인정은 내일이란 목숨을 위해서 도리어 미소로운 반항이었습니다.

　낮은 우리에게 안식의 밤이고 밤은 우리의 직장이 문을 여는 출근시간 아홉 시. 꽃을 많이 팔고 비싸게 팔아야 하는…… 당신들은 악의 골목이라고 합니다만은 떳떳이 번지 있는 유부녀나 처녀가 남몰래 간음을 하고도 태연히 남편을 맞으며 다른 사나이에게 시집을 가는 것보다는…… 우리의 세계는 버림받은 목숨을 이어가는 순수한 섬. 어쩔 수 없이 사계절에는 없는 봄. 악의 골목이라고 생각해선 안 됩니다. 이런 막다른 골목에도 아름다운 눈물과 꽃다운 양심이 그지없이 흐르고 있습니다.

나는 언제부터 이런 역전 부근이나 극장 뒷골목에 흘러와서 살게 되었는지 모릅니다 전쟁은 나의 어버이를 형제를 모두 앗아가버렸습니다. 이런데서 심각하게 나의 국적을 말씀드리기에는 너무나도 남부끄러운 외톨이가 된 가련하고 번지 없는 누구에게나 내 몸을 줄 수 있는 무허가 딸입니다 울어도 당신은 술주정꾼인 당신들은 우리의 뼈저린 비애를 모릅니다. 우리들은 살아야 한다는 수단의 하나로 매일 밤을 미친개와도 같이 이젠 계곡도 모두 헐어진 불안지대. 진흙밭에서 히히히…… 거리며 조롱을 하는 슬픈 자본이 없는 영업주. 당신들에게는 없어선 안 될 하룻밤의 따뜻한 공주. 아니면 매일 밤 되풀이하는 유랑하는 어느 이국 어린 곡예사의 고향 그리는 눈매입니다.

집을…… 어머니를 잃고 또 내가 살아갈 나라를 잃었습니다. 어느 뚱뚱한 사장나라나 기름기 번질번질한 인색한 고관나라들은 아무데고 돈을 소비해도 우리의 이 기막히고 어두운 그늘을 모르고 자기만 자기 가족만 잘 먹고 돼지같이 살쪄가면 그만 웃어도 좋을 일이라 생각할 때. 하룻밤 풋사랑을 던지고 돌아가는 술주정꾼 아저씨가 어떤 밤은 은혜로운 사람으로…… 빵을 주지 않는 신神보다도 더욱 귀중했습니다.

나는 열아홉 살 국적이란 가져본 적이 없는 병든 수난의 외딸입니다. 나는 나의 조그마한 몸을 팔아야 합니다. 염치도 자존도 목숨 앞엔 아무

이유 없이 순종해야 하는 목이 깔깔한 걸음걸이가 서투른 아무리 화장을 해도 피부에는 검정 피가 흐르는 학대당하는 학대받는 어쩔 수 없이 밤을 위하여 시달리는 잔인한 무슨 동물에 해당할지 모르는 짐승이라고 생각합니다.

나는 이따금 이런 속에서도 눈물나게 생각할 때가 있습니다. 어두운 골목에서도— 하늘이나 해를 보아 죄스럽지 않은 그런 날이 나에게 올 것을…… 진정 내가 다시 돌아갈 수 있는 다정한 나라와 노래가 들리는 어머니의 자장가 속에서 꿈꾸던 그런 시절의 나의 나라— 술주정꾼들이 매일밤 장을 보러 오는 것은 향락만을 위하여선 아니었습니다. 자기 심중의 이야기를 들어줄 사람이 없는 사무친 외로움과 슬픔 속에서. 어두운 밤에게 아무 소용없는 잠꼬대를 하고 우리 같은 신세로 돌아갈 때가 있을 때…… 그들도 쉬어야 할 나라가 아직도 멀리 있는 까닭이 아닐까 생각했습니다.

나는 열아홉 살 구멍 가게만한 여유도 없이 그저 나의 봄을 팔고 있는 국적을 갖고 싶지 않는 아무도 없는 외딸입니다. 이런 밑지는 장사를 하여도 국적을 말하기엔 내 얼굴이 붉어집니다. 언제까지나 이런 봄을 팔고 있어야 할 나를 따분한 나를 생각할 때 죽고 싶은 마음인들 없을까마는 이대로 무의미하게는 죽고 싶지 않습니다. 상처 입고 나를 찾아오는 술주정꾼들에게 이제부터 나는 돈이 적어도 좋으니 타일러야겠습니다. 다음의 당신의 딸들은 이렇게 울게 만들지 말고 모두 정신을 모아서 꽃다운 나라의 이름 속에 영원한 선생님 있는 오붓한 학교를 지어주시기를 밤마다 밤마다 기도하는 자세가 되고 싶습니다.

너무나도 헐값으로 팔리는 시장에서 열아홉 살 국적 없는 물건을 떳떳하게 팔려야겠습니다. 밤은 아홉 시 문을 여는 출근시간 아홉 시. 술주정꾼 아저씨들이 우리의 서러운 흐름의 시간을 만들기 위하여 몇 푼씩 가져오는 나는 인간 은행. 살아야만 하는 살아야만 하는 벌레. 이렇게 저주받는 대로 어두운 속에 피는 한송이 꽃의 이름으로 살아야 하는, 연약한 나를 병든 나를 의지하고 살아갈 도리밖에 없습니다.

　　나를 찾아오는 귀중한 손님들을 위안하며 살아간 비정의 눈으로 이 험악한 눈보라 속을 살아갈 나의 어두운 집에 새로 솟아날 해를 위하여 나의 사랑 국적을 찾기 위하여…… 이 밤은 누구의 다정한 손도 없이 별밭에 찢어진 눈을 모으고 있습니다.

　　신보다는 빵을, 주는 몇 백 환 지폐를 던지고 가는 술주정꾼인 당신이 좋도록 타락한 살려고 어쩔 수 없이 살려고 타락한 바다여 모진 바람이여 나의 악에 해당하는 것을 어서 어서 물러가게 하여 다시 어머니 곁에서 자장가를 들을 수 있는, 꽃밭에 잠자는 철없는 아기가 되고 싶은 꿈. 몇 백 환으로 나의 봄이 팔리는 것은 전부가 아닌 어쩔 수 없는 진실한 노동. 남의 물건을 훔치며 살지는 못할 더구나 가난한 나라의 국고금 털어먹는 살이 찐 벌레는 나보다도 더 불쌍한 존재. 나는 나의 어쩔 수 없는 당연히 그들이 향락하고 간 뒤의 돈으로 고된 목숨을 이어가는 어느 동물원의 여인. 진저리나는 이 짓도 싫증이 난…… 나의 최후에 남은 희망의 향기여…… 열아홉 살이란 아무 죄 없이 나의 나약한 젊음을 팔고 있는 학대 받는. '애크로마이신' 몇 대를 맞아도 아무 기미가 없을 술주정꾼들에게 마음대로 던져진. 찢어진 짐승이여 나는 조용히 대낮에는 자야만 하는 서러움. 다시 돌아올 어처구니없는 밤을 위해 쓰러지는 어느 지붕 밑에서 잠이 들었습니다. 이 출입구에서 살벌한 벌판에서 하루 속히 어머니의 요람에 추방당하고 싶은 그런 열아홉 살 밤의 이름. 당신들이 저주하는 수난 많은 밤의 이름입니다.

미소

첩첩산중에서는 심장을 혼자서 태워도
당신에게 나의 외로움을 전한다는 것은
배신행위.

평화로웠던 모든 새들이
포화砲火로 하여금 노래를 잃고
잎들을 모두 버린 상처 입은 나목에서
사랑을 보란 듯 찾으려 했을 때

우리에게 열려 오는 것은,

아침의 보석창보다
어두움이 오는 것

현기증이 돌발하는 것.

눈물을 더 많이 흘리게 할
너는 멀리 가고
바람만 오고 가는 광야曠野에서 전쟁을 부르는
내일이면 불안병不安兵이란 눈부신 훈장.

그 전야의 고독은
영원한 사랑. 마지막 부르고 싶은
'당신의 이름' 그리고 화사한 미소.

첩첩산중에서는 심장을 혼자서 태워도
당신에게 나의 외로운 뜻을 전한다는 것은
배신행위.

사랑 뒤에 오는 여백

옥이는 겨우 '삼춘' 이라고 부를
다섯 살 나이에 나와의
눈물보다 서러운 이별을 나누었네.

그날은 눈이 오던 날,
나는 식어가는 어린 체온의

마지막 손을 떨며 잡았네.

옥이가 잠든 지 삼 년이 되었어도
나는 그 산 그 무덤을
가야 할 줄 알면서도 한 번도 가보지 못했네.

너무나도 옥이와 무덤 앞에는
순수한 사랑, 찾기 힘든 진실이 있어
내 얼굴을 붉히게 할 것이네.

우리 '삼춘' 서울 갔다 오면 뭣 많이
사가지고 온다고 골목길, 골목길마다 아로새겨진,

옥이의 이야기는
옥이의 눈물은
옥이의 기다림은.

내 거치른 광풍 같은 사랑이 모두 지난 뒤에도
단 하나 남을
영원하게 슬프고 고운 것이네.

제3시집 『사월의 화요일』

진달래도 피면 무엇하리

사월의 피바람도 지나간
수난의 도심都心은
아무렇지도 않은
표정을 짓고 있구나.

진달래도 피면 무엇하리.
갈라진 가슴팍엔
살고 싶은 무기도 빼앗겨버렸구나.

아아 저녁이 되면
자살을 못하기 때문에
술집이 가득 넘치는 도심.

약보다도
이 고달픈 이야기들을 들으라
멍들어가는 얼굴들을 보라.

어린 사월의 피바람에
모두들 위대한
훈장을 달고
혁명을 모독하는구나.

이젠 진달래도 피면 무엇하리.

가야 할 곳은
여기도,
저기도, 병실.

모든 자살의 집단. 멍든 기旗를 올려라
나의 병든 '데모'는 이렇게도
슬프구나.

소묘 · 1

사월의 피 흘린
여러 흙을 밟아보면
더러는 의미를 아는
심연의 나무가 서서
잠시 무지갯빛의 중량을
생각해보는 시간도 되는데……
공간은 말없이
황홀하지도 못한 카나리아의
징역 시간을 위해

바람이 되어,
천둥이 되어,
아아 소나기가 되어
온 육체에 깊이 멍든 것이
'토할 듯, 토할 듯, 토할 듯'
몸부림치는 울타리 안의
밀려가는 한숨들이
비가, 소나기가 되어
눈보라가 천둥이 되어
꿈 깬 듯한,
사월이 잠든
꽃밭의 의미와
창의 머언 나무와 목소리.

소묘 · 2

나의 신앙은,
나의 종교는,
당신을 어머니라고
서슴지 않고 부를
참다운 나이가 되고,

부끄럽다고요
귀밑이 간지럽다고요.

아니오.
그것은 아직 당신이
참다운 나이가 들지 않은 까닭에
어머니를 두려워한 것뿐.

어머니, 어머니
나의 나이와 같이 나이 든
단 하나의 어머니,
노을 속의 어머니.
나의 신앙,
나의 종교는.

소묘 · 3

병들어 누워 있는
나의 종교는,

어머니는,

오뉴월 더위에……

징역 시간을
오래 오래
보내고.

사랑은 어머니
어머니는 사랑의
도형.

춤을 추고 상구춤을 추고
어머니는,
구름빛에 파묻힌 옥빛
어머니는 신라의 가시내.
오랜만에 사四월이 트이는
천동 어머니는 나를 그만……

소묘 · 4

모든 안개여
조선의 사월과 함께
어서 가라.

사월은
우리들의
기막힌 사월은,
'T.S 엘리엇'의
세계의 고향도
어서 침몰하게 하라.

고향이여,
어머니여,
사랑이여,

황홀한
시인만의 황혼이여.

조용히
눈을 뜨고 오라
어서 오라.

소묘 · 5

사월을 너무나도
잘못 살아온 화요일인
고향의 멍든
모든 것들이여……

도시 은잔을 모르는
지평 밖의 신화도 모르고
살아온 원죄여……
병들지 않는
징역 시간의
침몰해도, 침몰해도 솟아날
나이 든 몸부림이여……

사월을 너무나도
잘못 살아온
피 흘리는,
피 흘리는 정신 속에
시인의 영원한 신화여……

소묘·6

병원에
한 자루 연필과
한 권의 공책을 가지고.

창이 없는
하늘을 쳐다보고
구름과, 천동과
동무가 되는
징역 시간의 대낮.

미친 듯
꿈을 깨면
정신나간
나의 조소를 당하고 싶은,
뜨거운 매혹.

병원에
한 자루의 연필과
한 권의 공책을 가지고.

소묘 · 7

당신의 울고 있는
표정을 보았다면
신神이 사랑한 아들은
그만 미쳤을 뿐.

당신의 산은
나의 산보다
돌뿐일지라도
당신 때문에
그만 미쳐갈 수밖에 없는 꿈.

알면서 스스로 그럴 뿐인 꿈을
당신의 벽에, 핀 하얀 꽃으로
신이 사랑한 시인은,

하늘보다도 너른
'마리아' 상을 보았을 뿐.

당신의 울고 있는
표정을 보았다면,

오오 그 언어뿐.

소묘 · 8

성모 마리아의
그늘을 늘이고 싶은
여름.

하얀 아침이면
'미사' 가는
길 위에,

깊은 눈 오는 밤의
발자국을 남기고,

귀로歸路에 안기고 싶은
우리들의, 아니 시인의
성모 '마리아.'

오늘 밤은
당신의 성스러운 치마폭에
나의 영혼이 새겨진
눈물뿐인 강하江河를.

소묘 · 9

벽에는 교실과 칠판이 있어
그 목숨의 눈앞에
시인의 기도는
신화의 종소리가 되어
머언
바다의 징역 시간을
오뉴월 석류알 속에 새기고
죽고 싶지 않는
차라리 미쳐 침몰하고 싶은
오뉴월 바다와 하늘과
구름과 저녁노을이여……

소묘 · 10

병이라면
잠이 오지 않는 것이
병인가.

이다지도
잠이 오지 않는
병실의 시계는
밤이 다아 가는데도
빈 공책의 푸른빛 선 사이사이의
흰 벽에,

무슨 무슨 얼굴 조각들을
그리는 것인가.

소묘·11

내 몸을 불태우는
신의 육성이여.

꿈나라의 어머니도
꿈나라의 병정도 아닌
신의 나라
신의 육성이여.

내 몸을 불태우는……

내 몸을 불태우는……

소묘 · 12

나의 적
나의 원수를
가리키라는
당신의 질문 앞에
'그저 빙긋 웃지요'

모두들
우리들은
어머니의 가족전家族展

선생님!
또 한번 듣고 싶다면
가족전에서 만나
'그저 빙긋 웃지요'

소묘 · 13

조선의 창호지에
눈물을 그릴 수 있다면.

하늘만큼한 사연을……

눈물 흘리지 말고
웃으며 당신에게 드리고 싶은,

하늘만큼한 밤을……

조선의 창호지에
눈물을 그릴 수 있다면……

소묘 · 14

사四월은
나에게
‘버리고 싶은 유산’들의

고독을 늘여주는 아침.

참으로 많은 시인의
징역 시간 속에서
눈을 부릅뜬 태양.

어둠의 행렬들이여
기를 걷어 버리고
나의 체온 가까이 오라
풍랑도 많은 바다.

소묘 · 15

너를 향해
돌아가는
귀로.

'마리아' 상.

지난날의
회상을

용서하소서

'마리아' 상

모든 죄는
당신의 고향에
뿌려진 꽃밭.

너를 향해
돌아가는
귀로.

소묘 · 16

창이 그리운
병동의 밤.

별들의
꿈도
살벌히 잠든
병동의 밤.

나의
'나이팅게일'을
가만히 불러드리는
병동의 밤.

잠이 오지 않는
창의 이야기가 그리운
병동의 밤.

소묘 · 17

모두들
나로부터
떠나가라.

나의
항구로부터
어서 떠나가라.

갈매기여
갈매기여

너의 음악을 듣고 싶은
대낮.

모두들
나의 항구로부터
어서, 어서 떠나가라.

소묘 · 18

새로운 태양이
탄생된 나무 위에
한 마리의 새는
카나리아의 오선지.

바람이,
바람이 불면
청동빛 구름들이
온 마음을 적시는 저녁노을.

잘못 살아온,
후회하지 않으면서

너무나 잘못 살아온,

'술들의 장난'

이젠,
은잔을
당신의 오선지에
그리려는,

하늘과
바람.

소묘 · 19

원경풍경遠景風景에서
하늘이 덮인, 창을 열고
걸어오는 발자국 소리.

그리움에 지친
공간.

가을의 낙엽을 모아
지나간 가을의 낙엽을 모아

온 영혼을 불태우고 싶은
회색 병동.

시인공화국은
원경풍경에서
신神이 노한 목소리.

소묘 · 20

'시인 소월'을
사랑해보고 싶은
'진달래 공원'엔
달밤만 눈물겨워……

하늘과 땅이 머언
중립의 '산유화' 상은
우리의 선지 익은
고전

버리고 싶은
사四월의 '초혼' 앞에
광상곡狂想曲의 입상立像은
허공에 눈물겨워…….

소묘 · 21

나는 가을에 서 있는
플라타너스의 주변.

머언 하늘을 머금은
입상에서
피가 타는, 피가 타는
속삭임이여.

바람이 불면
바람이 불면
어느 도표 위에
살고 간 시체를 남길 뿐인 주변.

폭풍아 쳐라

피가 타는, 피가 타는
울먹음이여.

나는 가을에 서 있는
플라타너스의 주변.

소묘 · 22

나는 나로부터 떠나
한층 마음의 깊이를 짐작하는
무덤 곁에 서보련다.

누가 나를 날같이
사랑한다는 푸념도 없는
공간.
오히려 풍성한 공간 앞에
기도 드리련다.

부질없는 사랑이란 언어들아
뒷골목의 비웃음에서
진실을 들어보련다.

사랑하는 것들아
사랑하는 것들아
너는 멀리 있는 창백한 손
항상 마음의 깊이에서
어루만져보련다.

소묘 · 23

노래하자, 노래하자
니빨*을, 황토니빨을 갈고
'참으로 오랜만에' 본
시인과 태양 앞에
행렬을 짓고, 행렬을 짓고
오랜만에
목이 터지는 바다의 목청으로
노래하자, 노래하자
참으로 오랜만에
니빨을, 황토니빨을 갈고

---

* 초판에는 '니빨'로, 이후 시선집에는 '이빨'로 나와 있지만 여기선 초판에 따르기로 한다.

소묘 · 24

아침이
잠을 깬 나의 곁에
여전히 왔구나.

지난밤의
숨차 오르는 몸부림도 가고
아침은 여전히
왔구나.

잘못 살아온 저녁도
물러앉고
아침만, 아침만
왔구나.

많은 한숨을 남기지 않고
살려는 아침은
이젠 왔구나.

소묘 · 25

수없는
지난해를 잊고
해를 보아라.

수없는
눈물을 잊고
달을 보아라.

수없는
희망을 잊고
별을 보아라.

수없는 행복,
수없는 불행,
이런 것들을 잊고
행진, 행진곡을
불러보아라.

아아
스스로 가난해보고픈
피리를 불어보아라.

소묘 · 26

병원의 아침은
건강한 신문이
기다려진다.

편지도,
얼굴들도,
마음 터놓고 찾아오지 못하는
정신병동엔
그리움만 머금는다.

나는 알면서
나는 몸부림하면서
광상狂想의 노래를,
광상의 노래를, 불러야 할
시인의 공화국.

병원의 아침은
건강한 편지가
우선 기다려진다.

소묘 · 27

남 몰래
통곡하고 싶은
기인 밤이여.

누구도 아닌,
나를 위하여
나를 위하여
통곡하고 싶은
기인 밤이여.

지난날의 술들이여
친구들이여 애인들이여
모두들 걸레처럼 찢어져,

바다로 가라.
바다로 가라.

통곡하고 싶은
하늘이 무너지도록
통곡하고 싶은
기인 밤이여.

미친
바람이여.

소묘 · 28

너희들 곁을 떠나
말없이 살란다.

미친 바다여,
미친 바람이여,
숨타는 목을 축이고
옆에 살아도 좋을
오직 하나뿐인
옥토여,

너희들 곁을 떠나
말없이 푸르른
하늘을 쳐다보고
말없이 나를 향해
살란다.

미친
바다여,
미친 바람이여.

소묘 · 29

철철 밀물처럼 넘치는
나무 그늘이거나
서풍에 휘날리는
깃발.

거북이는
쉬지 않고
산을, 또 산을 넘고 있는
의지의 풍경.

끝없이 펼쳐진
철조망 안에
거북이의, 거북이의
모가지는
오뉴월 무더운 대낮.

바위와 같은
신라의 무지개와도 같은
무늬 속에 피어진
우리들의 서러운
거북이.

소묘 · 30

잘못 살아 온
죄는 무엇이냐.

그저
대답이 없는
너.

까닭을 말한들,
술 마실 때의
기분 나쁜 이야기.

술병은, 깨어지고
주막은, 찌푸리고

미친 지랄이
미친 지랄이 시작허는
놀라움이여.

잘못 살아 온
죄를 물으면,

그저
대답이 없는
너.

소묘 · 31

나는 얼마나 컸는가
지금도 여전한 것 같은데
여름 방학은
수평 너머에도 없는
공휴일.

술자리여
술자리여

나 혼자뿐인, 술자리여.

이 기인, 여름의 징역 시간에
나는 얼마나 컸는가
얼굴의 수염을 뽑으며
병동의 거울을 찾아보는
무더운 공휴일.

술자리여,
술자리여,
나 혼자 좋은 술자리여.

소묘 · 32

종鍾아
울어라
멍든 가슴들을
파헤치고
종아 울어라.

파도가 되어

파도가 되어
종아
울어라.

말 못한
원통한 사연끼리 모인
종아……

머언 지역을 더듬는
너의 목소리는
파도가 되어 울어라.

소묘 · 33

우리의 숨막힌 푸른 4월은
자유의 깃발을 올린 날.

멍들어버린 주변의 것들이
화산이 되어
온 하늘을 높이 높이 흔들은 날.

쓰러지는 푸른 시체 위에서
해와 별들이 울었던 날.

시인도 미치고,
민중도 미치고,
푸른 전차도 미치고,
학생도 미치고,

참으로 오랜만에,
우리의 얼굴과 눈물을 찾았던 날.

소묘 · 34

편지란
건강할 때 그리운
플라타너스
그늘.

뭉게구름은
플라타너스
이파리를 덮은

파라솔의 대낮.

'바다로 가자'
'바다로 가자'

플라타너스의
무도회는 한창 더운
한여름.

편지란
건강할 때 그리운
플라타너스
그늘.

소묘 · 35

병실 밖엔
황홀한 새의 음악이
저와 같이
고독하다.

고독은,
저만을 위한
병실의 위안.

지금
병실 밖엔
비가……
비가 온다.

고독한 새의 음악은,
결국 비가 되어
저와 같이
고독하다.

소묘 · 36

푸른 사四월의 전쟁에서
돌아온
우리 형제여,
책갈피에 선지피를 묻히고
싸워 돌아온

눈빛과 그 눈망울이여.

푸른 병정도,
푸른 전차도,
사월의 전쟁에서
형제를 위하여
가슴이 무너지도록 울었던
벽과, 철조망들이여.

종로를, 광화문을, 태평로를,
온 우리들의 고을을……
선지피로 파도가 밀려가던 그날.

이젠 푸른 사월의 전쟁에서 돌아온
세계의
'비둘기' 여.

소묘 · 37

술이란 술이란
혼자와 같이 마시기 전에

친구와 섭섭히 하자.

모가지를 축이는
모가지를 축이는
고달픈 하루여.

말없이 해 저무는
술자리여, 술자리여
혼자와 같이 마시기 전에
모든 친구와 섭섭히 하자.

소묘 · 38

'비둘기'와 같은
가족의 마음이
노상 사무친 밤은
시에 눈뜬 날부터
시작하였다.

사四월은 절단되고
유六월은 무너지고

'비둘기' 가족은
'해바라기' 꽃을 묵직한 가슴팍에
슬로건으로 하였다.

한결같이 흐르는 우리의 한강과
동해의 양심
비둘기 가족은
오뉴월 천동을 머금고
모가지가 아프도록 울었다.

소묘 · 39

벽 앞에 서 보면
수평 너머의
바다의 합창.

철조망이,
헐어진 벽이,
얼굴과 대하면
입상立像의 위치는
혼자만의 마음.

못 마시는 술이라도
마음 터놓고 들이키려는 것은,
서글픈 거리를
더욱 멀리 보고 싶은
원경遠景.

벽 앞에 파도와 같이
밀려 오는 벽 앞에
쑥물 같은 여름의 바다여.

소묘 · 40

해가 떨어지면
나는 별들의 아침으로
향한 해바라기.

달밤보다도
별들의 그늘을 늘이고 싶은
목마른 아침이여.

별들은 잠을 자지 않고

모든 심장의 창을 지키는
사랑하는 이의 거울들.

시집을 펴 보는 아침 속에
별들은 끝내 잠을 자지 않고
창을 향한 해바라기.

해가 떨어지면
노을 같은 그리움이여
별들의 목마른 아침이여.

소묘 · 41

눈물이여……
울음이여……
큰 바다나
미친 바람이면
나의 곁에
자장가라고 하라.
눈물이여……
울음이여……

괴로움이여……
그리움이여……
산다는 이름들이면
하늘 높이
무성한 깃발을 올려도
좋다고 하라.
잔치가 벌어진
목숨 앞에
눈물이여……
울음이여……
큰 바다여……
미친 바람이여……

소묘 · 42

고독은
나의 병원의
음악에 젖는
실내악室內樂.

밤은 병원의

귀로歸路.

바람이 놓인
달밤과
병원의 얼굴들.

고독은
가까운
벽과 벽의
낙서에서.

소묘 · 43

해를
오랜만에 보아야
'자유' 란 신화가
있는 줄을 안다.

징역 시간에서 나와서
해의 곁에 서 보면
창은 우리에게 없어도

좋을 줄 안다.

어데론지, 어데론지
해를 향하여
따라가고 싶을 때
우리는 무성히
살아 있는 줄을 안다.

자살해버린 계절

모든 멍든 도시와
나의 주변의 쓸쓸한 것들이여
이제, 오는 가을과 더불어
나를 더욱 슬프게 하여 다오.

모든 사랑한 체하는 것들아,
잔인한 도시의 이름들아,
누구에게도 줄 수 없는
나의 고독과 더불어
절단된 피 흘리는 가슴팍에
사랑하는 참으로 눈물겨운 우정을 다오.

아무것도 아닌 목숨.
굴욕과 어두움 속에서 너무나 지친
우리들의 나아갈 길 없는 생활이여,
이런 차가운 가슴팍에
양지 같은 한 방울의 눈물이라도 보여 다오.

모든 멍든 도시와 이웃,
술이라도 진탕하게 마시고
모든 나의 육체를 부숴버리고 싶은
고달픈 하루 속에 보이는 얼굴이여,
허황한 웃음보다도 기막힌 비참을
가을의 낙엽 속에 묻게 하여
진종일 울게 하여 다오.

홍수 진 해바라기

우리가 목놓아 부를 노래여,

어느 여름 밤
공원의 벤치엔
쓸쓸한 별들만 내린다.

우리들의 황토마을은
분노에 잠겨 떠나가고
그대로 뿌리박은
가난한 해바라기여.

모든 병든, 언덕을 살아온
우리들의 노래는
한강을 타고 흙탕물의 영산강榮山江을 타고
영영 가버렸구나.

누구도 믿지 못할
우리들의 홍수진
순박한 해바라기여.

육신을 불태워라,
육신을 불태워라,
우리들의 청춘이 감금되었을지라도
목놓아 부를 마지막 남은 노래여.

모든 창문을 닫고
통곡할 우리들의 노래가 비참할지라도
끝끝내 죽지 않고
저장할
홍수진 마을을 지키는
젊고 아름다운 해바라기의

태양이여.

절단된 유六월은

고향이 없는 참으로 쓸쓸한
병정이여.

유월의 이파리들은,
바다 없는 항구로
골목뿐인 주점으로
밀려가던 날……

버리고 싶은 것들은
청춘의 풍경에 안겨
무덤보다도 어두운 태양에서
사랑스런 대화들을
은밀히 기억해두고 싶었던
중립지대의 얼굴과 얼굴.

친구들이여,
내 멍든 멋을 모르고

병들어가고 있는
오히려 친구들을 위해
부어 드리고 싶은 목로집의
술잔이여……

유월이 오면
한강이,
예쁜 여인의 팔이 절단된
그리고 젊음이 절단된 그날.

잊을 수 없는
모든 서러움만 남는
일요일 정오의 숨가쁜 불안을
누구에게도 주고 싶지 않는
나의 고독한 유월의 기旗여.

양지를 향해

멍들어 가고만 있는 도시의 정신은
또한 멍든 봄과 같은 낮잠을
자야 하는가.

고달프고 가난한 시민의 계절 곁에서
모든 사람들을, 바다 없는 항구에
남겨 놓고
비창한 실내악만 들을 것인가.

이제는 모든 나의 주변의 것을
자살시켜버리고 정오의 도심.

아름다운 눈빛도, 슬픈 이야기도,
봄의 언저리에 묻어버리고
나는 하늘만 쳐다보는
아무케도 무력한 기러기의 울음인가.

고도孤島의 나무

혼자와 같은 마음들이
모여서 살고 싶은 섬으로
구름은 가고 있다.

오래 살고

일찍 죽은 것들도
모두들 무덤 하나로
외롭게 말하고 있다.

어떻게 살아야 하는 것일까
새벽과 노을의 사잇길에서
누구도 알지 못하는
혼자만의 마음을
열리지 않는 벽을 향해
구름은 가고 있다.

떠나고 싶은 것들 속에서
혼자와 같은 마음이
모여 살고 싶은 섬은
지금 멀리서 다정한 기旗를
올리며
그리운 눈물에 젖고 있다.
비도 오지 않는데……

참으로 오랜만에

피로 물들인 사四월의 화요일이여

창경원에 한창인 벚꽃도
노한 휴일을 만난
사월의 포효여……

새들은 다시 한번 모국어를 찾고
짐승들은 '심포니'의 공화국을 노래하고
모가지가 모가지가 아픈 잔치여……

우리들이 간절히 바라던
사랑의 모습과, 얼굴과 모든 사랑의
의미체를 찾으려
젊음이 성난. 죽음도 모르고
모두들 삼림과도 같은
푸른 기를 올리고
모가지, 모가지가 터지도록
'오대양·육대주·대구·마산·서울·부산·대전
그리고 청주와 광주가……'
녹슬고 멍든 총알에 찢겨
자유란 모국어로 화산이 된
피와

불의
화요일.

'참으로 오랜만에' 누구보다 먼저
죽었어야 할 시인이,
'참으로 오랜만에'
하늘과 세계와 시와 언어를 찾은
서대문이 허물어지며 마지막이 되었을 때,
광화문의 격정의 시가 '젊은 화산' 이후
'참으로 오랜만에' ……
'화요일마다 느끼는'
영원한 양심이여.

무엇 때문에 술 마시고 명동 파출소 앞에나,
고달픈 시민의 표정이 합승한
귀로歸路의 가족들에게 시인은
지난날에 멍든 정치를 욕하고
미쳐버린 것이여……

영원히 미쳐갈 줄 알고 염려한
명동 · 종로 · 광화문 · 무교동 주점의
참으로 고독했던 사랑스런 이름들이여……

'경무대'가 폭풍이 친 날…… 젊은 시인은
고향에 고향에 돌아와, 지금은

너무나 아름다운 화요일.
알면서도 미쳐가는

새의 언어는 '술'로 나올 뿐인
멍든 십이 년이여……

예순 날을…… 고향에 살고 서울로 가는
오랜만에 서울의 아름다운 우정을
찾으러 가는 화요일.

고독하지 않을, 그러면서 고독할 뿐인
시인의 화요일이여……

오고야 말 칠월의 화요일은
구슬 같은 선거가 아름답게 빗발칠 날.
모두 모두 사랑하고 싶은
참으로 오랜만에 본,
화요일 아침의 시인과 태양이여

양단된 연인들

좀 더 쉬지 않고 나가야
빗발치는 총알을 뚫고 나가야
좀 더 피를 흘리고 찾아야 할
산처럼 에워싼 벽을 무너뜨리고
불러야 할 나의 영토에
서글픈 달의 한숨이여.

불안한 무리들을 위하여
사랑하는 두 가슴을 위하여
좀 더 쉬지 않고 나가야 할 것을.

멍든 기를 내리기 위해
서글픈 달밤을 지우기 위해
모진 폭풍으로 넘나간 영토에
기진한 해의 혼선이여.

사랑하는 두 가슴의 뜨거움을 위하여
좀 더 쉬지 않고 절규할 것을
보다 넓은 하늘을 지니기 위하여
서로 사랑할 줄 아는 무덤 앞에
우리들의 기나긴 눈물은 벽을 버리고
창으로 한결같이 모이는 따스운 별들.

사랑할 두 가슴에 벽은 무너지고
솟아나야 할 우리들의 기막힌 달밤이여
어느 영토에서도 통곡할 해의 목마름이여
좀 더 쉬지 않고 사랑했어야 할
두 가슴에 흐르는 숨막힌 시선을

신라를 잃어버린 바다의 몸부림이여
바람과 눈보라 속에서 절단된
사랑하는 두 가슴의 언어여
피 흘리는 나의 벽에
마지막 목이 타는 휴일이여.

가을 주점

너는 모른다.

광주에 이렇게 많은
'스탠드'가 생긴 것을
너는 모른다.

내가 주점에 서서

한 잔의 은잔을 들고 있는
이유도 모른다.
가을은 나의 입으로 들어와
건강한 병을 앓게 한다.

모두들 지나치게
나의 술을 염려하는 친구들은
오히려 조용히 해다오.

진정으로 나를 사랑하는 사람은
아무 말도 하지 않으리.

내 심장을
뜨거운 술로 불태우는 이 밤
원願이 있다면
가을의 이파리가 떨어지는 소리나

섬돌 밑 귀뚜라미의 울음만이
있게 하여다오.

아무도 나를 위하여선
피곤한 잠꼬대들……

또, 너는
별과 같이 돌아가는

나의 야망에 불타는 귀로를 모른다.

진정 내가 이 가을 주점을
버리는 날
나의 곁엔,
뜨거운 감격의 조국이 있으리.

지금 옥창엔
서정도 없는 달이 있듯이
내 곁엔
부활해가는 주점이 있는 것을
또한 너는 모른다.

타락해가는 가을 주점은
분명 아니려니
사랑하는 우정이 있다면
'젊은 빠르크'를 다시 읽어다오.

나의 사랑하는 나라
나의 사랑하는 나라.

이젠 가을 주점에도
한 장의 아름다운
삶에의 유서가
거울 속에 남겨지고

내가 노래할 수 있을 것을
너는 모른다.
가을 주점엔
지금 타협할 수 없는
의지만 어린다.

어머니에게

1. 눈이 오는 날

모든 친구들은 가고
나 혼자 촛불을 켜놓고
남아 있네.

눈은 내리네
눈은 내리네.

어머니의 무덤에도
무등산의 가슴에도
그리고 충장로의 거리에도
내 친구들의 마음에도,

눈은 내리네
눈은 내리네.

나는 또
모든 것을 잊지 못한 채
광화문을 종로를 을지로를
아니면 태평로를
그리고 명동의 주점을
혼자 울며
방황해야 할,
슬프고도 아름다운 '에뜨랑제'

눈은 내리네
눈은 내리네.

어머니는 아무리 불러도
소용이 없는 공백.

무릎을 꿇고
울어도 울어도
눈물이 없는 음악만 남는
참으로 사랑이란 이름이여……
눈은 내리네
눈은 내리네.

모든 친구는 가고,
나 혼자 남는
이 밤엔,

눈이 내리네
눈이 내리네.

2. 눈 오는 밤의 대화

사랑도 멀리
고개를 넘고
아물거리는 밤이 올 때
촛불과 나만 혼자
남아 있네.
눈이 오네
눈이 오네.

무등산의 깊은 가슴속에도
나의 사랑하는 충장로에도
이젠 나의 심정의 풍경을 알고

눈이 오네
눈이 오네.

어머니는, 어머니는
칠색의 구름나라로 가시고
내가 길이 사랑할
한 줌의 흙 위에

눈이 오네
눈이 오네.

잊지 못할 무등,
그리고 많은 벗들을 위하여
어머니는 흰 눈이 되어
내 마음을 끝없이
아름답게 하여주네.

눈은 오네
눈은 오네.

이 밤의 촛불이 모두 꺼지도록
내 슬픔이 지워질 때까지……

눈은 오네
눈은 오네.

서울 명동에는,
지금 나를 위하여

술잔을 앞에 놓고
모두들 나를 기다릴 것이네.

이 밤은 분명
눈이 와야 하네
눈이 와야 하네.

나 혼자 남아 있는
이 엄숙한 밤을 위하여……

눈은 오네
눈은 오네.

젊은 화산

사월四月은 피로 덮인
그만 잔인한 달인가.

폭탄처럼 터진
민주와 자유와 정의를
지키려다 눈감은

어린 순정의 넋들을
너는 보았는가.

명예도 권력도 아닌
멍든 민주주의의 내일을 위해
'부다페스트'의 소녀의 죽음처럼
너희들이 굳게 외치고 부른 노래는
'코리아'의 민주주의였다.

병원마다 내 아들 내 딸이 아니어도
'모두 내 대신 죽은 사람 내 대신 다친 사람'
눈물 흘리며 밀려오는 온정의
손길들은
너희와 함께 우리들의 옳은
민주주의를 기도하는 것이었다.

이름도 없이 피지 못한 채
'코리아'의 민주주의와 정의를 지키려다
푸른 꽃잎처럼 져버린
청춘의 영혼들에게
우리는, 너희는, 시인들은 그저
무엇을 말할 것인가.

잔학한 일제의 무리에서
빼앗긴 봄을 찾은

우리들의 서러움이 다시
사월의 강이 되어 흐르는가.

사월의 그날.
몸부림치며 떨며 눈감은
조국의 어린, 순정의 젊은 별들에게
우리는 올바른 정치와 민주주의로 보답하는
그 길만이 아닌가.

말없이 보지 못한 채 가버린
영원히 역사에 빛나고 살
귀중한 너. 젊은 넋 앞에……

우리 눈물이 말랐는가
하늘도 땅도 서울도 온 세계도
통곡하는 것을 보았는가.
우리와 같이 '코리아' 의 내 하늘을
지키다 간 젊은 친구여
사월은 무정하게 꽃도 피는데
서러움만 뿌리고
너만 먼저 갔구나.

'코리아의 영원한 민주주의여'
젊은 원한들은 이렇게 울부짖고
꽃잎처럼 툭툭 떨어져 갔구나

한 많은 애국의 목소리를 남기고
젊은 피 흘리며 흘리며
어머니의 품안을 떠나가고 말았구나.

그늘에서

갈색 내 가슴을 불태우고 싶다.
영영 불태우고 싶다.

어두운 밤이 빛나도록
갈색 내 가슴을 불태우고 싶다.

내가 눈물로 걸어온 길은
아무도 모른다.

사랑하는 사람이 혹시 나에게 있다면
내가 눈물로 걸어온 길을
그이도 모른다.

몇 번이고 자살하고 싶은
나를 모른다.

갈색 내 가슴을
영영 불태우고 싶은 밤……
끝내 어두운 밤과
질서 없는 뒷골목을 빛내주는 것.

'코리아'의 비 내리는 창을,
비 내리는 창을
끝없이 지켜주고 싶은,

피투성이 날개가 되기에는
아직은
머언 밤이다.

눈보라 속에서

모두들 돌아가라,
이렇게 눈이 오는 밤에는
모두들 돌아가
나 혼자 남게 하여라.

이런 밤의 실내에는

비창한 음악만 곁에 있으면
고독은
더욱 아름다운
나의 생명
나의 위안.

모두들 돌아가라,
비좁은 서울의 하늘에서
우정도 메마른 이웃에서
나 혼자만의 상념은
눈보라 속을 어서 가게 하라.

지나가버린 서글픈 이름들이여,
정신병원의 아름다웠던
징역 시간이여,
모두들 나를 멀리할지라도
이 눈보라 속을
피 흘리며, 어서 가게 하라.

사랑은 넘쳐흐르는 강
눈보라 속의 뜨거운 나의 기를 위해
모두들 떠나, 어서 가게 하라,
어서 가게 하라.

지성을 앓고 있는 공동묘지

나는 공동묘지에 살고 있다
해와 별들의 체온을 가까이 누리며
슬피도 울지 못한
불행한 새 세대의 새라 이름하면 된다.

산을 넘으면 강.
강을 건너가면 또 산
나는 이런 공동묘지에서
대답이 없이 살고 있다.

불러도 오지 않는 도시. 장미를 곁에 두고
바람만이 바람만이 울고 가는 기슭의
희망을 위하여
나는 서러워도 살 수 있는
공동묘지에 살고 있다.

나의 참신한 거처를 물으면
그저 공동묘지
번지를 말하지 않아도 좋을
공동묘지.

정신과에서

시 수업을 하였다고
나를 몹쓸 놈이라고
어떤 처녀가 결혼을 배반해도
허어허 웃어버릴 수 있는 행복한
공동묘지에 살고 있다.

그래도 끝끝내 나를
사랑하는 이 있다면
나의 가까이 있는 주점에 오라
모두들 오라
나의 공동묘지의 노을빛 주점에 오라.
그리고 뜨거운 가슴의 이야기를 들어라.

'바이블'은 당분간 필요 없다
은병을 들고 술이 넘치는
은병을 들고
나의 노을진 공동묘지에 오라.

오늘은 이 거칠은 중립지에
살고 있다는 기를 세우고
유배당한 세대의 찢어진 기를
펄럭이고 싶다.
나는 언제부터 이런 전운戰雲에 핀
공동묘지를 거처로 했는 줄 모른다.

사랑하는 사람이 혹시 있다면
나의 살고 있는 공동묘지에서
목이 터지도록 불러다오
나는 오늘도 잠을 못 자는
약보다도 술이 없으면 더욱
잠을 못 자는 지성을 앓고 있는
정신병자.
이런 처참한
공동묘지에 살고 있다
도시의 장미가 시들 무렵
나를 더욱 처참하게 불러줄
사랑하는 사랑할 뿐인
공동묘지의 창백한 얼굴들이
보고 싶다.

통곡에 지친 묘지에
내 정신이 묻힐
내 이름이 죽을 묘지에
머언 먼 날 사랑이 넘칠 강이여
나는 지금 너희들이 오면 대답할 수 있는
공동묘지에서
신록 같은 출발을 준비하고 있다.

지성들이 앓고

우리들이 더욱 사랑할 수 있는 도시
공동묘지를 위하여
태양 같은 장미를 곁에 두고 싶다.

제 4 시집 『황지의 풀잎』

언제나 우리 땅

사랑을 기다렸다
너 하나만을 기다렸다
북풍이 부는 날
새벽
눈부신 햇살 앞에
너의 모습을 그렸다
고향 없는 사람아
사랑이 불꽃처럼 불탄다
북으로 가는 기차를 타고
녹슨 철로를 밟아본다
언제나 우리 땅
말이 없다
피흘린, 피흘린 자국이여

대법원 앞에서

1

언제나 나 혼자만이 산책합니다
김병로 대법원장님을 생각합니다
이승만 대통령이 제일 무서워하는
그 길을 걸어갑니다 외로울 때나
슬플 때나 걸어가면서
휴지를 줍습니다
또 책을 읽습니다

2

로마법을 사랑합니다만
점심을 싸가지고 더러는 걸어가는
이 땅의 대법관님들이 의젓해서
나는 눈물이 나옵니다

3

나는 절대로 문을 열지 않습니다

억울하고 억울해도
전화도 하지 않습니다

4

지금 나는 모르겠습니다
어떻게 해야 할는지
어떻게 해야 할는지

서울 하야식下野式

긴 겨울 이야기는
끝나지 않았다
모두 발버둥치는 벌판에
풀잎은 돋아나고
오직 자유만을 그리워했다
꽃을 꺾으며
꽃송이를 꺾으며 덤벼드는
난군亂軍 앞에
이빨을 악물며 견디었다

나는 떠나련다
서울을 떠나련다
고향을 가려고
농토를 찾으려고 가는 것은
아니겠지
이 못된 손아귀에서
벗어나는 것만이
옥토를 지키는 것
봄은 오는데
긴 겨울 이야기는
끝나지 않았다
오랜 역사의 악몽 속에서
어서 깨어나 어서 깨어나
보리밭에 녹두밭에
석유냄새 토하며 쓰러질
서울 하야식
외진 남산 기슭의 진달래야
찬 북녘 바람은 알겠지
소금장수
쌀장수
갈 곳도 없는
고향도 없는
어서 서울을 떠나야지
서울을 떠나야지

아리랑고개의 할미꽃

우선 술을 할 줄 알아야 한다
하루 담배 서너 갑은 피울 줄 알아야 한다
난蘭 앞에서 서예도
한 줄 쓸 줄 알아야 이야기가 된다
비워놓은 집에
도둑이 기웃거려도
원만할 줄 알아야 한다
바둑 한 수에도 잠 못 이루는
그러한 위인이어야 한다
겨울밤에 봉창을 열고
밤하늘을 바라볼 줄 아는
여유만만한 사람이어야 한다
친구가 찾으면
우선 술잔을 차릴 줄 아는
그런 그런 사람이어야 하고
내 이야기보다
남의 이야기를 들을 줄 아는
그러한 사람이어야 한다
비를, 비를 맞으며
선창가에서 들려오는
막소주집 유행가에는
귀 기울일 줄 알아야 한다

흰 고무신보다
검은 고무신을 신고
조선 조끼 옷을 입을 줄 아는
그런 이여야 한다
목화 따는 여인 앞에
이글이글거리는 햇빛 속에
지글지글 끓는
된장국의 맛을 아는
아리랑고개의 할미꽃이어야 한다
황토흙에 뱀이 혀를 널름거리는
숨막힘 속에
바위보다 더한 의지意志가 넘치는
그런 꽃이어야 한다
장작개비를 지게에 짊어지고
황소 같은 땀을 흘려야 하는
그런 이여야 한다
서럽고 서러운 가슴통에
불길이 타오르는
오직 불길이 타오르는
수없는 밤을
쑥잎 같은 향내로
그림을 그릴 줄 아는
해바라기보다 짙은 머리여야 한다

잠 못 이루는가

삼십 년 한이
잠 못 이루는가
조용한 바다야
너도
노할 때가 있지.

조선의
문풍지 속에
너도 언젠가는
잠들 날이 있겠지.

꽃으로 살고 싶다
꽃으로 죽고 싶다
왜 이다지도
잠을 못 이루는가.

아버지 경제

한 방 안이
점점 좁아지는구나
내가 밀려서 잠을 깨다 보면
요놈들은
키도 크고
넓어졌구나.

쌀도 한 말이면
일주일을 먹는데
요사이는 며칠 못 먹으니
아버지 경제는
찬바람이 불구나.

엄마는
추운데 밖을 나가고
아버지는 눈을 감고
몸부림치는구나.

봄이 오기 전에
모든 물가는 뛰고
아버지 경제는
더더욱 적자운영으로

가득 채운 먹구름
주름살이
늘어만 난다.

이 시대는
식구들의
한 달 먹을 것이
벌써 걱정이니,

아버지의 경제는
어쩌자는 건가.

경제학 교수 휴강
―어리석은 시인들에게

1

참한 눈들이
칠판에 모여 있다
점심을 고구마로 하고
물을 마시면 배가 부른다

강의시간이 다 되었는데도
보리밥
밀가루 이론들이
여학생 젖가슴을 웃긴다
모두들 창이나 열어버리자
불이 난다 불이 난다

2

벼락같이 세워지는
저기 건물은 누구의 건물이지
그것 몰라 너는 바보야
민족적 자본주의
'메사돈체질體質' 알아
'애국경제학과愛國經濟學科'를 새로 설립해야겠어
어리석은 시인들은
저것을 보고—
도시의 서정시라나
웃기지 사람 웃기지

3

은행에 취직하려고

상과대학을 왔다고
먹고 살기 위해서 공부한다나
말세야 정말 말세야
오늘은 경제학을 휴강한다
내일부터 조국이여! 미안하지만
개인 사정으로 경제학을 폐업한다

백두산의 양심

소리 질러라
소리 질러라
압록강이 흐르고 두만강이 흐르고
우리들은 모두들
휴전선에 있다
넓은 만주 벌판을 응시한다
자유도 빵도 귀중하지만
우리들이 모두 불러야 할
노래는 노래는 우선 무엇인가
영원히 한 핏줄이다
슬기로운 언어다 흰 옷이다
석탄과

쌀과
너무나 오래 절단되었다
소리 질러라
소리 질러라
독립, 독립, 통일, 통일
녹슨 철로 위에 은빛 나는
그러한 위대한 날이여
고구려와 신라의 몸부림이여
어둡고 괴로움 속에서 살아온
쓰라린 역사의 연대는
백두를 향해 출범한다
소리 질러라
소리 질러라
우리들은 꽃으로 전사한다
내 땅 내 흙을 밟으면서
그때 우리들의 자유여
동방의 별은 빛날 것이니.

푸른 계절

푸른 계절 속에 피는

고향생각
지금은 누가 살고 있는지

많은 편지를 써서
간직해온 사연을
바람에 날리고 싶다.

나의 옛날이 아로새겨진
강가에서
지금은 누가
노래 부르고 있는지.

푸른 계절과 더불어
전하고 싶은 말들이
심장에서 익어간다.

한 떨기 꽃에 기대어
고향을 더듬는
나그네.

눈물보다 그리운 짙은 고독 속에서
피어나는 고향의 품안은
어머니 같은 이야기,

푸른 계절 속에서

고향으로 가는 꿈을 기른다.

한 잔의 포도주

한 잔의 포도주는
바이블보다 귀중하다
공감하는 도시여
사랑하는 사람이여
닫혀진 철창문
무딘 벽을 헐고
단둘이만이
은하수와 같은
잔을 들고 싶구나
오랫동안 술을 하지 않으니
부질없는 벗들은
나의 곁에서
낙엽, 가을 낙엽처럼
떨어져 나가는구나.
벗들이여 사랑하는 이여
이제 귀로에 돌아와
너와

나와
그 옛날의 잔을 들자
한 잔의 포도주를……

핑크빛 일기

언젠가의
당신의 입술이 주신
순수의 선물을
잊을 수 없습니다

사랑은 그런 것인가고
이제 느낍니다
핑크빛 일기를 적으면서
나는
오로지 외롭습니다

남몰래 흐르는 눈물

누구에게나 보이지 못하는
보석

누구에게나 자랑하지 못하는
보석

유성같이 흐르는 곳에
나의 눈물은
있었다

밤하늘

잃은 길도
별들을 보면 안다

사랑도
별들을 보면 안다

조각

조각에는
로댕의 혼이 있다

모든 것을
집중할 때

우주는
세계는
사랑은

고독한 섬

여기에
남몰래 흐르는
눈물이 빗발친다

귀로歸路

해가 지듯
달이 지듯
돌아갑시다

돌아서
돌아온 사람

우리는 갑니다
말 없이 갑니다

그 누가 살고 있는지

모두들
가버린
모래
발자국.

바닷물에

씻기운
또
모래
발자국.

그곳에
누가 살고 있는지……

살고 있는지.

적십자

서로들 피 흘리는, 피 흘리는
역사의 통곡 속에서도
여기만은 전쟁이 없다.

옛이나 지금이나
강물은 흐르는 곳.

'인도' , '공정' , '중립'
'독립' , '봉사' , '단일' , '보편'

일곱 빛 무지개 공원이
어머니의 사랑을 어루만진다.

―보호하자 온 인류를
과감히 물리치고 또 물리치자
오로지 죄와 벌인
우리의 적
전쟁을―

별같이 많은 꽃 숲을 걸으며
사랑의 아픔
아득한 오솔길을 홀로이 간다.

딸 곁이나 아들 곁
또는 아내나 사랑하는 이 곁에
오색을 보듬고
창세기의 여인과 능금을 만지며
에덴의 공원을 걸어간다 길―
적십자만은 인류에 적이 없다
우리는 한줌의 흙으로 통화하며
아름답게 전사한다.

세계의 어린이들…… 웃음 활짝 꽃 핀
달나라의 장난
눈물 같은 믿음의 깃대여

모두들 그날이, 그날이 오면……

25시의 사랑

종이 쳤습니다.

갈 곳은
없습니다.

지평地坪이 열리고
포도가 익어갑니다.

종이 쳤습니다.

우리들의 오랜 사랑은

어디만큼
왔습니까.

쓰레기 역사

눈물과 고통 모략과 중상
한과 유배 죽음 억울함
이러한 땅이 우리들이란다
'새야 새야 파랑새야 녹두밭에 앉지 마라'
이러한 땅이 우리들이란다
말하지 말라
허허허 웃어버리면서
세월을 보내는 것이 아니란다
우리의 봉鳳은
우리의 봉을
누구도 모르게 서로 만날 때
별 화성에는
우리 기旗도 맨 먼저 펄럭인단다
말하지 말라
네가 아는 쓰레기통 역사를 말 말라
우리는 더욱 뜨겁게 사랑하며
이름도 없는 소슬한 밤 주막의
늙은 털보 아저씨와
빛 부신 '역사의 날'을 위하여
목청을 가다듬고
허허허 노래부르자 그날까지
그날까지 허허허 노래부르자

신세계 소금

소금에는 거짓이 없다
이슬방울같이 반짝이는 심호흡에는
바다가 밀려오고 또 출렁인다.

사랑에도 거짓이 없다
언제나 철저한 그 맛을 지니며
새로 열려가는
신세계.

소금에는 또한
전쟁이 없다.

언제나 적당한 장소에서
악수할 줄 아는 미소를 지녔다.

소금에는 거짓이 없다
너와 나와의 바이블에서도
소금은 존중한 것으로
고독의 표상.

소금은 언제나
신세계.

말없는 바다가 밀려오고 또 밀려가고
신세계는
소금뿐인
이 고독을──

별밭을 찾아

늦은 밤
별밭을 찾아간다
누구도 알지 못하는
이 밤을
남몰래 울어본다
내가 여기 서 있다는 것이
더욱 무의미로울 때
나의 고독은 더 한층 심연이다
별들만이 아는 비밀
세상에 태어나 서 있을 때처럼
무의미로운 것은 더욱 없다
오늘도
별밭을 찾아
고독들 피흘리는

고독을 나누어본다

에즈라 파운드

이 고역의 징역 시간에
에즈라 파운드는
주름살과 웃음만 남았다
백발만 남았다.

가슴 아픈 많은 날을
에즈라 파운드는
창가에서
가까우면서도
머언
하늘을 생각했다.

에즈라 파운드
에즈라 파운드

그 지성은
고역의 징역 시간에

말없는 웃음만 웃었다.

한 많은 조선 朝鮮

창호지에
그리는
달빛.

한 많은
조선이었다.

창호지에
그리는
별빛.

한 많은
조선이었다.

1969년의 코스모스

피를 먹고 자라난
4·19묘지 부근의 코스모스는
비명碑銘을 비웃고 지나가는
가을 바람 속에서
외롭게 죽어간 넋들처럼
외롭게 울고 섰다.
고속도로의 마일스톤 곁에
나란히 서서
한 시대가 지나가는 차바퀴 소리를
허망하게 바라보는 눈동자는.
때로 닫힌 교문 안에서
가냘프게 발돋움하여
바깥세상을 넘겨다보다가
세라복 차림의 문학소녀같이
최루탄에 눈물도 흘리고
탁류가 휩쓸고 지나간 담장 가에
찢어진 깃폭처럼
쓰러져 나부끼지만
마이크가 왕왕대는 유세장 둘레에
흐드러지게 피어서
하늘을 보고
한바탕 자지러지게 웃기도 하는

1969년의 코스모스여

잡초나 뽑고

오늘밤 머언 별들을 보면서
나의 직업은
조국.

연탄 냄새 그득 풍기는
우리의 사회에
선량한 나의 가정은
가을
빈 주먹.

갈라진 가슴팍에
우거진 잡초들과
사상.

그 속에 우리 집이 있다
그림 역사가 있다.

오늘의 나의 손은
현실을 뽑으며
진저리나는 나의 행동에
추파를 던지는 속셈이다.

팔려가는 봄

진달래꽃이 흰하게 필 무렵
수백리 길
어린 소는 팔려가야 한다.

소의 눈동자는
현대한국
눈물이 글썽거린다.

빚 때문에 팔아야지
대학 등록금 때문에 팔아야지

붉은 입술들이
진달래꽃보다 붉게 핀
서울이라는 명동

어느 한 구석의 땅 한 평
몇 천만 원의 금덩어리라는데,

저놈의 논과 밭은
빚만 늘어가는 땅.

이젠 농사고 지랄이고 그만두고
서울에 가서 지게벌이라도 하면서
흰쌀이나 한 봉지씩 사들고
애국이나 해야지.

진달래꽃이 훤하게 필 무렵
소는 누구를 위해
수백리 길로 팔려가는 현실파.

우리들의
얼굴이 붉은 봄은
언제, 언제
언제 풀리나.

설렁탕들

이조 오백 년 당쟁싸움의 나머지를
이 땅에선 잔인하게 뿌리뽑아버리자
어진 일꾼들 도매금으로
유배 보내거나 죽이고
또 이조 오백 년의 나머지 피가
설렁탕이 되는가
정신 좀 차려요
이조 오백 년의 나머지들
남한산성 북한산성 돌담을 쌓고
한 그릇 설렁탕에 원망했단다
한 사발 막걸리에 원을 달랬단다
정신 좀 차려요
정신 좀 차려요
새 백과사전 한 권 들고
새 역사책 한 권 들고
새 국어책 한 권 들고
한 사람 살지 않는 섬에서
한 여자 얻어서
이젠 내 공화국의
일학년을 만들고 싶다
알에서 태어나서 알로 돌아가는
나의 눈물

말 많은 놈들 속에서

말 많은 내가 슬프다

어린 아이와

장난삼아

동양사나 서양사를

하나하나 뒤적이며

내 스스로 유배를 당해야겠다

이조 오백 년의 뒷처리들이

지금도 여기저기 남아 양반행세 한다

이젠 내 식모로 모시고

잘 섬기겠다

설렁탕 한 그릇에 싸구려

어서 자시고 떠나시오

나는 설렁탕장수에 술장수

이조 오백 년의 한을 씻어드리리

멋대가리 없는 놈들 속에서

내가 시인이라고 바보야 바보야

정신 나간 바보야

나는 왕이나 되어보련다

이조 오백 년의 찌꺼기들

칼을 뽑기 전에 정신 차려

아무것도 아닌 것들이

허허 오늘은 웃어버리자

한 장의 신문을 들면서

우리는 서로 말없이
이렇게 만나고
또 헤어지는 것이다.

한 장의 신문을 들면서
이렇게 많은
세상의 소식을 전하고

또다시 헤어지는 것이다.
소식이 기다려지는
기차는
지평에 가고
또 장마는 오는 것이다.

어린이 UN총회
―모든 사랑의 빛, 거기에 있어라

우리의, 우리들의 금수강산
푸른 하늘 아래

'세계의 어린이 UN대사님들을'
우리나라의 서울에 초대하여
귀중히 모시면
만국기는 바람 탄 파도처럼 펄럭일 게다
진정 그 순수, 평화와 자주.

활짝 핀 이쁜 웃음속에서
활짝 핀 이쁜 마음속에서
비둘기, 비둘기, 비둘기들이
무지개빛 속에 날으는
그런 날의 평화의 양지로, 노래로
어린이 UN 놀이가 열린다면
흑黑도 백白도 황黃도…… 모두들 모이리.

노래하자, 어린이들이 우선 노래하자
세계의 하늘 아래 가장 아름다운 나라
내 조국 내 민족을 자랑하고
서로 정다운 오랜 한 핏줄의 형제와 같이
가족전家族展을 베풀고
지상에서 달나라 가는 꿈을 기르고
옛날의 꽃동산에서 금잔디를 찾는 그런 날.

세계의 귀여운 '어린이 UN대사' 들이
창경원이나 남산광장, 한강변에
뜨거운 품안으로 모여

'UN놀이'를 한다면
어린이의 달나라의 꿈은
달나라의 강산은
모두 합쳐, 하루라도 더 빠르리
모든 사랑의 빛— 거기에 있어라.

잔디밭 국부론國富論

무덤 위에 옮겨진 잔디
너는 이미 잔디밭의 생산자다
노동마저 바다되어
밀려오는 평화.

어서 오시오
가시려면 가시오.

'육대양 칠대주'는
정신병원만의 고향이 아니다.
바람 부는
안락의자.

무덤에 기대고 있는 잔디
너는 오히려 잔디밭의 생산자다
근대화에 행동하는
명상에 잠겨 있는 외로운 먹구름.

남과 북
동과 서

아비와 엄마의 종교는
해와 달 끝끝내 하나.

위대한 혁명인은
까마귀 떼를 보내고 수염을 뽑고 있다.

무덤 위에 옮겨진 잔디
너는 모든 잔디밭의 생산자다
벽과 선을 무너뜨리는 평행회담平行會談
밤과 낮 사이에 피어난 눈부신 세계.

어서 오시오
가시려면 가시오.

진달래꽃

낡은 세계지도 위에 초라한 진달래
한송이 그슬려 벽 앞에 있다
그렇다고 우리네 고전은 아니다
갈기갈기 찢어버리고 싶은 하늘
거기 수천의 애증의 얼굴이 있다
어서 가시오
석탄 내음 풍기는 고향
아주까리 고향
손목 잡고 놀던 그리로 가고 오면
진달래꽃 훤한 무덤들이 누웠다
여기저기 팔려간 어미 잃은 지도는
자꾸만 배가 고파 울고 있다
신라도 백제도 이조도 위대했던
고구려도
함께 뭉쳐 종묘에
찬란한 우리네 슬픔으로 묻어두자
세계지도엔 낡은 고조선도 없다
역사도 뼈도 목소리도 알맹이도 없다
미칠 듯 영영 미칠 듯 불태우자
녹슨 것 막힌 것 원통한 것
몰아쳐 오는 노도怒濤와 같은 심장으로
헐떡거리며 불태우자 불태우자

진달래꽃 그처럼 가난한 자립이라도
금간 우리네 논과 밭 어긋난
공장과 도시에 부디 여무지게 꽃피어라
우리들의 평화 단 하나 소망이여
어서 가시오 어서 오시오

인왕산 건빵

서울은 언제부터 이렇게 넓어졌나
헐어진 성城터에서 낡은 하이힐 신은
꼬슬머리 처녀가
건빵을 씹으면서
허기진 유행가를 부르고 있다
얼마 전에는 대학의 영문과에서
포크너에게 반했고
헤밍웨이의 킬리만자로 산상山上의
열렬한 사랑과 미움에
넋을 잃은 처녀가
오늘은 월부 화장품장사
건빵을 씹고 있다
인왕산은 소슬한 바람이 불고

처녀의 목청은
죽고만 싶은 고달픈 생활음악
서울은 건강한 시늉을 한다
서울은 철없는 사람들이
살기 좋다고 한다
서울은 철없는 사람들이
아름답다고 한다
건빵을 씹으며
처녀는 제집을 찾는다
독립문은 보이는데
이젠 건빵도 떨어지고
목이 마르오
목이 마르오

보시오 독도

나는 이름하여
독도
나의 독도에는
눈 내리는
비창에 거울만 있다

오늘을 사는
내 조국의 현대
이제 아시아는
한번의 사자가 피를 토해야 할
나의 요람 나의 전쟁터
앞으로!
앞으로!
모두들 쓰러져도
나는 가야 한다
나의 사랑의 독도를 위하여
피투성이의 날개
영웅은 울지 않는다
지도자는 민중의
오랜 벗이어야 한다
나는 이름하여
독도
인왕산에서
서울을 바라보는 아침
솟아오르는 태양 앞에
내 얼굴이 보인다
나는 호수에 도취하는
나르시스는 이미 아니다
훨훨 타오르는 태양 앞에
살벌한 내 얼굴이
조국의 언어를 다듬는다

나의 오랜 형제들
녹슨 철로가
은빛으로 우리에게 돌아올 때까지
나는 당신네 소망 앞에 살고
목숨 지우련다
나는 이미 독도
한 권의 바이블 앞에 서는 것보단
조국의 명예 위해
미친 듯 미친 듯 미친 듯 살련다
그날이 올 때까지
살벌한 내 얼굴은
역사의 언어들을 뚫고 간다
나는 이름하여
독도
비창의 겨울만
천지에 꽃 핀다

황무사회 荒蕪社會

새로운 것을
근대에서 찾아본다면

기계 속의 당신이 미소 지을까.
천민은 생활을 알고 있지만
공업지대엔 핵무기만 화폐와 같이 거뭇게 깔리는
어수선한 정신이라 새로운 것을
다시 근대에서 찾아보려 한다면
찾아지는 것인가.
백지로 한 장의 백지로 돌려서
우리들이 사는 백지로 돌려서
우리들이 사는 생활을 그려 보면
굴뚝의 광명한 아침은 안개가 없이
빛 부신 해가 하늘을 덩달아 올라
자연만 미소 짓는다.
금 간 손에 한 알의 보리씨를
황토에 심으면
아침의 탄생은
우리가 사는 신문지 냄새뿐이다.
용광로에 시뻘건 불을 피우고
나를 자살시킬까.
이젠 뼈도 남지 않는
바람 잘 날 없는 세상—
신神은 나에게 있는가.
기적은 이제 가고
강물은 새파랗게 흐르고
남아서 사랑하고 싶은 것은
몇 만 년을 살아온 임목林木—

임목일계日計에는
사람과 바람 바람과 비 비와 눈만
수난과 자연으로 새겨져 있다.
황무지에 검은 까마귀가 날으면
황무지의 사자는 배가 고파
으르렁거리는 흥분의 시간에선
임목林木도 사람으로 보인다.
풀잎이라도 씹으며 살아갈
검은 개미라도 잡아먹기 위해
어둔 구멍을 찾아다니는
사자의 현실은
갈 곳 없는 바다의 수평만 있다.
모든 집단 꽃밭의 집단에
목쉰 행진곡이라도 있어라,
아직 멸망은 오지 않았다.
희랍希臘의 신神들을
사형대에 올리기엔
우리는 너무 성급한
이론에 산다—
경제학의 새로운 부활 속에
우리 집단은 다액多額의 의미에 산다.
꽃의 집단으로
황무지에 목을 추기면
형이상의 밤은 신선히 가고
형이하의 아침은 모반謀反으로

눈이 뜨인다—
우리들의 황무지에
언제쯤 지평이
지평에 창이 열리고
나는 꽃의 신선한 집단으로
미소 띠울까.
현대병리학을 더욱 알아야 할
우리들 황무지에서
한 톨의 보리씨로 나는
지평을 열어야 되겠다는 심리를
자연의 하늘에 그리고 싶다.
황무지여.
중립기하학中立幾何學에
자본주資本主는
난초難草로 멀리 서라,
나의 황무지여.
우리들의 사회여.

사원우표

회답이 꼭 가야만

너를 사랑한다는 의미가 된
세상은 그대로 좋았네
이젠 이웃도 파산이 되어서
빌려달라는 소리도 못하겠네
참 요사이 볼만한 얼굴들 십 년도 더 늙게 보이네

이젠 회답 같은 것 없어도
서로 믿고 사랑할 줄 아는 것만이
우리의 인내일세

좀 더 사랑한다는 양심이 있거든
기동차汽動車 주변의 살풍경이나
무슨 당黨인가 하는 앞에 불쌍하게 늘어진 꼴 보게
참으로 우리들이 회답을
주고받은 세상은 그래도 그래도 참 좋았네

악법은 외면한다

이력서를 쓰기란
내가 하사 조국과 같이
따분하기만 하다

우리 둘레에서
위선을 키우는
모든 악법이여
구겨진 내 이력서처럼
귀로에 서라

토요일 죽 먹기 운동이
혁신革新이라면
당분간 시가 되지 않는 이유를
너는 안다
'대폿집'을 찾아가는 이유도
또한 너는 안다

자살 직전의
너와 나는
술을 들고 술을 들어
우리의 병을 영롱히 키워야 한다

이 세상에

가는 어느 곳마다

이젠 신음에 가까운 할아버지의
정신 나간 소리가 한창 꽃이어라,
병든 기침 소리가―

이 지도는 남,
이 지도는 북.

백설이, 백설이……
사욕私欲에 거치른 가슴에게
어서 눈부시게 뿌리어라.

3천만이 4천만, 4천만이 8천만이
될 때, 우리는 누구 믿을까.

북간도로 봇짐을, 봇짐을 싸고
쫓겨나간 우리들의 순한 마음에
어설픈 지도자들은 어서 눈물을 거두게 하라.
백설이, 환한 백설이……
엠원과 따발총을 멘
휴전선의 얼굴 위에 빗발친다.

피투성이로 살아온,
우리네들의 역사와 다사로운 화롯가에
백설아, 환한 백설아 쌓여라.

우리 말, 우리 글 앞에
어서 환한 백설아—

이 세상에
이 세상에……

가시오

봄도 없는
우리들의 절량絶糧 지대에서
이따금 아무런 유언이라도 남기고
바람 따라 가고 싶을 때가 있다

가슴 절단된 아픔은
오늘도 스산한
가을

'브라질' 로 가면 될까
어디로 가면 될까

우리에게 주어진 명제命題는

'가시오' 뿐

봄도 없는
우리들의 절량 지대에서

가시내는 못살아
적선지구赤線地區로 가면 될까
어디로 가면 될까

비 오는 회색 거리에
'가시오' 만 푸르게
문패와 같이 서 있다.

또 한번 올 날은

멍들은 채 울어라

다갈색 낙엽을 모아
내 젊음을 불태우고 싶다

어느 땅에쯤

어긋난 내 정신을 머물게 할 것인가
상처만 난 내 가슴과
상처만 난 내 정신을

북녘 바람을
북녘 바람을 더 맡으면
말없이 끌려가야만 하겠다

모든 거짓스러운 남의 것들 버리고
불러보면
피를 토할 듯 불러보면
있을 것을……
영영 떠나버리는
브라질이나 서독으로 가는 나그네들

조용한 사화산死火山에
다갈색 낙엽이 자꾸 쌓이면

또 한번 올 날은 언제인가.

외인부대 外人部隊

나의 앞에는
벽밖에 없습니다.

온통
눈물의 강이 흐르고 있습니다.

나의 지난날이 끝나는
촛불을 켜안고
단 한 사람 부르고 싶습니다.

고향도
어머니도, 잃어버린
내 가슴은 사무치게 찢어지는
가을의 낙엽들입니다.

산장엔
어두운 심정의 비가 옵니다.
산비둘기는 집을 찾아가고
나는 외인부대의 고아가 되어
영 갈 곳 없는 지평에 서 있습니다.

누군가

내 어두운 정신을
환히 어루만져줄
그런 손과, 눈과 웃음이 있는 곳에
머물 수 있는 목소리가 그립습니다.

지금, 나의 앞에는
지구마저 버리고 싶은
무덤의 휴일이
노을 속에 울음으로 젖어가고 있습니다.

또 파고다공원론 公園論

1

어두운 산천에 봄이 오는가.
절단된 강산에 또 삼월이 오는가.
우리들의 삼월이 뭉쳤던 날
남도 북도 한 덩어리였다.
한 핏줄은 여기 흐르는가.
슬기로운 넋은 여기 있는가.
조선독립선언문 앞에 엄숙히 서보면

양심이 부끄러운 사람들,
북도 남도
어서들, 이 땅을 물러나거라.
삼월! 파고다공원은
쓸쓸한 사람만 모이는가. 아니다.
모든 고향의 봄빛이 집중하는 곳
화산같이 토할 노래이다.
너와 나와의 힘이다.
파고다공원 부근에서 물러나야 할 이때
여기도 거기도 멍멍개들이 짖는가.

2

농주農酒나 한잔 들고 석탄이나 불피우고 싶은
삼월은 파고다공원
역사는 말이 없지만
이 무서운 증언을 비웃는가.
여기도 거기도 못된 반역의 얼굴들
어서, 어서 물러나라.
다시 삼월이 오기 전에……
남과 북이 화창히 풀리는,
언 땅, 언 강이 풀리는 길은
'파고다 회담' 이 있어야 할
노을진 무렵이다. 온 땅의

쓰레기들이 물러나야 할 무렵이다.
오! 파고다공원.

창이 없는 집

어쩌자는 건가
괴로운 시대에
시인은 무엇을 하는 것인가
어둠이 깔리는
대지에 서서
별들에게
고향을 심는 것인가
어쩌자는 건가
어둠이 쌓이는
무덤가에 서서
시인은 무엇을 노래할 것인가
구름이 흘러가는 심중心中에
그래도 저항할 것인가
자유지대에서
괴로우며
시인의 혁명은

싹트는 건가
창이 없는 하늘에
남겨둔 꽃씨를 뿌리는 건가.

황지荒地에 꽃핀

남과
북으로 나누어 산 지도
오래되었다.

녹슨 철로 위에
진달래만
서글프다.

어떤 이는 절실히
통일을 부르짖고 갔지만
역사는 잔잔하다.

언제 서로 만나고
살 것인가
조국은 아프다.

오늘
우리가
서로 만나는 것은,

고향과 자유와 평화를
목마르게 부르짖는
절규다 진통이다.

나는 남
너는 북
양단된 가슴팍에
서로의 비극은 뼈아프다.

나비들은 나비들은
철조망을 오고 가고 하는데
답답한 벽은
언제 무너질 것인가
누구의 힘으로 무너질 것인가.

한 핏줄
한 겨레가
온통 합창하는 날
남북이 서로 마음 터놓고 만나는 날……

녹슨 철로 위에

진달래는 훤히 피어 웃으리라.

그때 내 조국의 무덤 곁에
역사는 아지랑이같이 다시 피어나고
우리는 가난하게 산 것을
후회하지 않으리라.

대지의 대특호활자大特號活字

서울의 양심은 이미
우리들의 것이 아니다
지금은 해가 넘어갈 때
이조 5백 년의 가슴 아픈 음모들이
고층빌딩의 창가에 반영된다
비를 들고 아스팔트를 쓸어보면
서울의 양심을 안다
슬픈 모가지들이 매달려
살아가는 광화문·
오늘 회담은 있지만
서로들 피눈물나는 넋이 없다
평화와 자유와 독립을

이 거리 이 땅 위에서 부르짖었지만
돌아오지 않는 다리에선
뱀술과 오곡밥이
무슨 자랑들인가
유언이라도 내뱉고 싶은
무덤가에,
시詩가 되지 않는 밤
서울의 양심을 무찌르고 싶다
진정 어느 누가
통일이란 대특호활자를 안고 사는가
로마의 훨훨 타는 밤이 되는 날
죄와 벌은 이때 시작되는 역사
녹슨 철로 위에 은빛 나는
활짝 문이 열리는
파도같이 우렁찬
그날을 위해
우리는 조선의 창호지에
지금은 사무친 눈물을 감출 때이다

사회부장
—애리 아빠에게

《뉴욕 타임즈》편집부국장
해리슨 솔즈베리는
'레닌그라드의 9백 일'을 쓰기 위해
모스크바에서
10여 년 헤매며 살았습니다
애리 아빠는
술에 취해서
그런 기자가 되고 싶다 했습니다
월남전쟁에 특파 나가서
한 통의 기사도 못 쓴 특파원은
이 땅에 애리 아빠뿐입니다
나는 매일 신문을 보면서
무슨 특종이 나올까
끝없는 걱정 속에 살았습니다
명동 '불로대 아저씨' 시대
낙원동의 맺힌 시절에도
항상 시계를 차지 않은
애리 아빠는
불로대야 불로대야 불로대야
불뚝 불뚝…… 노래불렀습니다
R. M. 릴케의 장미 속에
어지러운 조국의 내일과

양지를 위해 오늘도
무교동 허술한 주막에서 벗들과
피로한 한 잔의 막걸리를
총명한 눈초리로
들고 있습니다

고구려인

내 애비와 어미는
고구려인
만주부터
조선 북방에까지
힘과 부富가 넘쳐났다
높은 미적 감각 속에
꽃핀
압록도
백두도
평양도
대륙을 넘나들었다
신라와
백제는

우리들의 한 핏줄
광개토대왕비 곁에서
언제나 상냥스러웠다
병든 병들어가는
조국 앞에서
고구려인은 울고 있었다
기차를 타고
고향을 찾아
녹슨 철로 위를
모든 형제들과 같이 달리고만 싶었다
고구려인의 한은
지금 끝이 없다

광화문에서

고장난 목소리가
광화문을 지나는 어느 날
울고 싶었다.

많은 훈장을 단
고장난 목소리는

모든 것 눈을 감고
광화문을 지나가버렸다.

광화문은
허술한 빈 껍질만
바람에 소요하고 있었다.

울고 싶었다
고장난 목소리는 지나가고
광화문은 하늘에
꽃버선을 신고 있었다.

광화문
우리의 서러운 사연
고장난 목소리가
오늘도 어제도 이 앞으로
떠나지 못하고
망설이고 있었다.

백두산

높고 넓은
또 슬기로운
백두산에 우리를 올라가게 하라
무궁화도
진달래도
백의에 물들게 하라
서럽고 서러운
분단의 역사
우리 모두를
백두산에 올라가게 하라
오로지 한 줄기 빛
우리의 백두산이여
사랑이 넘쳐라
온 산천에 해가 솟는다
우리만의 해가 솟는다
우리가 가는
백두산 가는 길은
험난한 길
쑥잎을 쑥잎을 먹으며
한 마리 곰으로 태어난
우리 겨레여

반쪼각의 달

내 얼굴은
상처뿐인 조국
지도를 그린다.

보름달도 되지 못한
항상 반쪼각의
달.

언젠가 한 번쯤……

우리들의 보름달을 위해
모든 옷
옷들, 훨훨 벗고

나비
춤추며 모이는
그런 날,

내 얼굴은
상처뿐인 조국
지도를 그린다.

황지荒地의 풀잎

언젠가는 터져야 할
나의 혁명 앞에서
나는 귀여운 잠꼬대를 한다
하나하나 저금통에 넣은
여러모의 얼굴들이
자기와 자유를 찾을 때
장엄한 깃발은 휘날리고
엄청난 행진곡은 시작되는 것
누구를 위해서 죽을 순 없다
나를 위해서도 죽을 순 없다
녹슨 철로 위에
무성한 잡풀들의 철로 위에
나의 사랑은 빗발쳐야 하는 것
이렇게 사는 것을
용서받을 순 없다
사형대 위에 사라지는 목숨일지라도
나는 어머니와 조국과
사랑의 손이 있는 것
언젠가는 터져야 할
나의 묵중한 혁명 앞에서
목이 마른 황지의 풀잎
목이 마른 황지의 태양

내가 사는 땅이 있는 한
험악한 길과 가시길이라도
더욱 굳건한 의지와 신앙으로
나는
나의 황지에
조그마한 풀잎의 욕심으로
혁명을 모독하고
더욱 사랑하련다
혁명의 아침을……

1960년대의 휴지통과 시론詩論

나는 조국이 있습니까
몇 백 명 되는 시인들에게도
조국이 있습니까.

한 개의
백묵을 쥐고
나는 휴지통에
당분간 시를 써야 합니다.

시론보다도 먼저
백두산부터 한라산까지의
지도를 그려봅니다.

조국은 있습니까.
몇 백 명이 되는 시인들에게도
나에게도 조국이 있습니까.

낙서하고 있습니다.
휴지통에 나의 조국을
아직 나의 시는 멀었습니다

백지로 돌아가야 할 때,
이젠 나의 시론은
미친 사람들이나 가는 곳이라면
역에 가서 물어보면 그런 것은
차표를 한번 사보고 싶습니다
참으로 가고 싶은 곳의

지명을 써둡니다.
가고 싶은 곳에는
두 줄의 동그라미를 그려놓고
고향에다가는
기차도 그려봅니다.

지평에 던져진 꽃

소슬한 바람이 불고 간다
꼭 시인대회라도 한번 했으면
좋을 나라
너는 사상을
너는 형식을
너는 운율을
너는 서정을
너는 조화를
너는 통일을
너는 노래하는
너는 생각하는
이러한 어처구니없는 시인대회를
광화문 네거리에서나
부산 도떼기시장에서
한 번 했으면 특등이 되겠는데
망할 놈의 시인대회는 없고
엉터리 시인들이 3백이고 5백이 되는
이 나라 풍경
제 조국은 좀먹어 들어가도
시인이라고 히히덕거리고
기묘한 정치들을 한다
망할 놈의 것 침이나 뱉고

고함이나 토하고
로터리의 몇 평 되는 잔디밭에서 차라리
소월시집으로 얼굴을
소녀처럼 가리고 싶다
모든 것을 가리고 싶다

십자가를 해나 달에게

태양이나
달에게
십자가를 세워라.

지상의 모든 아름다움만
태양과
달에게
보듬어줄 수 있는
십자가를 세워라.

우리들의 수난의 지상
우리의 고난 많은
가시길.

이젠 십자가를
지상으로부터
해나
달에게 세우게 하라.

달밤의 혁명

지평에는 아무도 없습니다
바람과 갈대 그리고 구름과 달
참으로 한번 우리에게 있어야 할
화산 같은 혁명의 대열에 서서
몸살 몸살하며 울고 싶습니다
두 가슴에 훈훈한 꽃이 필 때까지
울고만 싶습니다
지평에는 아무도 없습니다

쌩똥문명

측간에서 쌩똥을,
쌩똥을 싸면서
살아온 나이기에
자살은 비굴한 어머니—
세상에 눈도, 코도 없고
입도 없는가
측간에서 쌩똥을 싸게 나를 기른
10할의 바람 속에서
나는 영락없이 쥐도 새도 모르게
숨을 그만두는 것인가
쌩똥을, 쌩똥을 싸면서 살아온
불길이 훨훨이 타오르는
문명의 나여—
우리가 헤맬 꽃밭의 이름에는
형용形容의 숲이 없는 지평이
보이지 않는가
쌩똥을, 쌩똥을 싸는 풍경은
20년, 30년……
절간에서 공부해도
터득이 안 되는
현실의 것—
세상에 세상에 이 세상에

해방 20년 · 1
─모란이 지듯 가버리고

해방의 기쁨은
모란이 지듯
어느덧 가고
우리들에겐
금간 가슴이
조선사를
벽壁, 벽壁가게 하였다.

금강산으로
백두산으로 가는
철둑길은
이젠 녹슬고,

우리 형제들의 숨은 막혀
'돌아오지 못하는 다리' 너머론
여윈 아이들이 그대로
아카시아 꽃 속에 묻혀
가위, 바위, 보
가위, 바위, 보
동심의 고향과
동심의 지도가
모란이 지듯 애처롭다.

해방 20년 · 2
―찔레꽃이 피 먹은 유월

찔레꽃이 환히 핀
유월의 언덕은
피바다가 되고

모두들 봇짐을 싸고
남으로 남으로 쫓겨가는
기러기의 행렬, 행렬……

한강은
한강은 절단되고
임진왜란보다 더한 외국산 총소리
전차戰車 소리가……

양羊보다도 순한
우리 백의白衣의 가슴에
눈물을, 끝없는 눈물을
적시게 하였다

유월은
온통 형제들의
피바다가 되고

죄없는
산과 들의
찔레꽃은
피 먹은 선혈의 유월

아아 우리들은
눈물의 바다 속에서

모란이 지듯 가버린
우리들의 팔월을
마음 가다듬어
다시 한 번 뼈저리게
불러보는 역사 속에서
잠을 이루지 못하는 밤이었다

동해의 갈매기

동해의 바다를 바라보면서
나는 흰 갈매기에
한없는 눈물을 그리었다.

저어
갈매기의 조국은
어데인가.

그들의 우는 언어가
진종일 부럽기만 한
나였다.

이젠, 나는 병실에
감금당하여
영영 노래하지 못한 새가 되었는가.

오늘도
모든 우리들은 생활고에 지쳐
한 폭의 이끼낀 동양화 앞에서
차를 끓일 우정의 여유도 없다.

동해의 흰 갈매기여!
너를 보며
한없는 눈물을 그리는
나의 심정을 알겠는가.

밀주密酒
―김중배 형에게

밀주 같은 것
밀주 같은 것이라도 마시고
진종일 앓고 있어도
좋은 날이여

사회의 어두운 변두리에서
당신이 찾는
가난함이 짙은 눈물은

북으로 날아가는
기러기나 알까
동해의 갈매기나 알까

흙내 나는 남도 사람들은
쌀도 보리도 모두
떨어져버리고
술집들만 잘도 번져가는
가슴 아픔과 한이여

이제 밀주 같은 것이라도 마시고
화산같이 터져야 할
그날 앞에

모든 것 잊고 눕고만 싶네

제5시집 『서울 하야식下野式』

정신병원에 피는 창백蒼白

정신병원에 피는 창백한 지성의 분노는 흰머리가 나도록 아껴 두고 싶은 것들이었다.

백의白衣의 여인에게 연필을 깎이면서 어머니가 사다 준 그 노우트 위에 나의 영혼에서 우러난 하나도 거짓 없는 나의 생명체는 순수한 피 어린 사월의 순정에 불타오른 절정의 것이라고 믿으며,

정신병자의 징역 시간에 모가지가, 모가지가, 모가지가 아프도록 외쳤던 시인공화국이여! 더러는 옥토 위에 떨어지는 눈물이고저.

사랑이 가기 전에 외쳤던 달밤이 싫어, 눈물 같은 골짜기의 달밤이 싫어, 아아 감격 어린 황토黃土 니빨을 갈고 모든 걸레조각들이 바다로! 바다로! 가기를 기원했던 나의 정신혁명이여!

나의 어머니의 무덤에 이른 봄의 진달래꽃이 피듯 정신병원에 피는 창백한 지성의 분노여.

봄의 미학

봄이 오는 언덕 위의
도서관에는
배움들이
줄을 이었네
우리들은
묵은 것을 털고
외출을
준비중
봄이 오는 소리에
종다리도
노래하고
사방은 빛이 훤하네
봄은
서로의 곁에서
사랑을 무르익게 하네

무등산의 봄

겨울 잠에서
깨어난
무등無等이
어깨를 편다.
봄, 봄은
무등에서부터
온다.
모든
더러움을 씻고
무등은
살풋한 웃음을
짓는다.
이젠 우리들의
모든 일을
잘되게 하시고
더욱 고독하게 하소서
봄은 인생은 무등에서부터 온다.

밤의 꽃

어두운 밤이다.
달도 별도 없는 밤이다.
나를 위해서
울어도 좋은 밤
파도는 밀려오는가
파도는
파도는 밀려오는가
지난날의
슬픈 일은
나를 키워주었던가
친구여
나만 밤하늘에 남겨놓고
몸살 몸살하게 하는가
조용히 눈 감고
한 떨기 상처 입은
꽃처럼 필련다. 꽃처럼 살련다.

언제 고향에 가보려나

절단된 가슴 밖에
피가 흐른다
언제나
고향에 가보려나
나는
조용히 살자
누구도 만나지 않고
사랑만 사랑만 할련다
거치른 땅의
풀잎들은
비를 비를 기다린다
후회하지 않고
녹슨 칼을 갈련다.

시인들은 무엇하는가

짙은 원색原色으로
사랑을 읽을 때

여기는
두 동강이 난
땅이었다
아빠야 엄마야
우리는 언제
백두산을 오르리
이런 아쉬움 속에
많은 세월은 흘렀다
짙은 원색으로
사랑을 읽을 때
아픈 가슴은
헤아릴 수 없었다
우리들의 지도자는
어데 있는가
행진곡을 높이 부르며
목 타는 민중들 앞에
시인들은 무엇하는가
시인들은 무엇하는가

악한 세대

쫓겨나면서
피투성이가 되면서
한 마리의 나비로
찢겨진 깃발을 찾아
복음을 전했다
우리의 진정한 자유는
무엇인가
굶주려도
허기에 차도
지상의 영원함과
푸른 하늘의 편이다
갈 길은 멀고
또 험준한 이 길에서
모든 양심에 아뢰노니
우리는 무엇을 위해 살며
진정 누구를 위해 살며
진정 누구를 위해 사는가
암담하노니
빛을 내려주소서
썩은 여자에게서
광명을 안겨주소서
나는 떠난다

눈물도 말라버린
조선의 창호지에
피를 피를 토한다
쓰러질 듯 일어나고
아침 이슬 핥으며
저주의 몸뚱이로
피투성이가 되며
헐덕이며 날으는
한 마리의 나비의 풍경을
벅찬 바다로 그린다

아픔

나비는
녹슨 철로를
넘고 넘는데
우리는
우리는 무엇인가
백두도
한라도
노래 노래하며 날으는데

우리는 무엇인가
수없이 쌓여온 아픔은
가시지 않고
나비는 말없이 날고 있다.

부드럽게

바람이 분다
바람이 분다
꽃을 피우기 위하여
노래를 부르기 위하여
바람이 분다
모든 것이 부드럽게
너도
나도 부드럽게
바람이 분다
온갖 아픔을 씻기 위하여
바람이 분다.

무등에서 만납시다

뜨거운 가슴팍
산자락이 온 누리를 펴고
우리는
거기에서 만납시다.
산다는 것도
죽는다는 것 없는
허허벌판에서
알몸으로 만납시다
묵중한 침묵
너그러운 포효
이런 습성을 지니고
무등에서
무등에서 만납시다

불

불같이 타오르는
영혼의 누리에서

문이 열렸으면 한다.
모든 것 태워버리고
차라리 역사라도 태워버리고
불길을 멈추지 않는
영혼의 누리에서
우리는 소생해야 한다.
가도
오도
못하는 서로의 한 땅
무슨 언어로
미워하고 미워해야 한다는 사실
우리의 이런 어처구니없는 운명 속에서
불길은 솟아나려고
몸부림 몸부림치고 있다.

대지

잊어버리지 못하는
연가를
그는 껴안고 싶다.
무성한 숲 같은

그를 껴안고 싶다.
내가 험난하게 살아온
이끼 낀 역사 같은 그를
말 한마디 없이 껴안고 싶다.
얼었던 육신이
아지랑이같이 가물거리는
대지 위에
엄청난 꽃씨를 뿌리고
온종일 울고 싶다.

우리는 가슴이 아프다

남북으로 나누어진 지도
오래되었다.
새와
나비들은
백두산으로
한라산으로
가고 오고 하지만
우리의 피맺힌 한은
이루어지지 않았다.

언제고 간에
벽이 무너지긴 하지만
우리는 지금
가슴을 앓고 있다.
녹슨 철로 위에
햇살이 부실 때까지……

분단에서

내 몸이 갈라질 바에야
내 마음이 갈라질 바에야
내 정신 흔들릴 바에야
나는 아무 말도 하지 않겠다.
갈라진 황토흙에서
우리는 우리는 무엇을
찾는다는 말인가
이 커다란 아픔을 견디는
돋아난 풀잎들
양지여 쏟아져라
우리의 꿈은
분단의 아픔뿐이다.

제**6**시집 『딸의 손을 잡고』

휴전선의 나비

어데로 가야 하나
어데로 날아가야 하나
피흘리며 찾아온 땅
꽃도 없다
이슬도 없다
녹슨 철조망가에
나비는
바람에 날린다
남풍이냐
북풍이냐
몸부림 몸부림친다
우리가 살고 있다는 것은
고층빌딩이 아니다
그보다도 더 가난한 노래다
심장을 앓은
잔잔한 강물이다
바다이다
한 마리 나비는 날지 못하고
피투성이 된 채로
확 트인 하늘을 우선
그리워한다

분단分斷아!

너무나 오래 지쳤다
두 동강이 난 허리
오로지 조국은 하나여야 하는데
가슴 잘린 쓰라림
백두에도
한라에도
태극기 펄럭여야 하는데
그날은
언제인가
우리가 서로 뭉친
하나 될 때
세계는 놀래리라
이 진통 이 아픔
눈물로 달래지는 않으리라
피 어린 역사 속에서
우리는 5천 년을 살아온
백의白衣였다

우리는 우중雨中에 있다

지금 우리는
우중에 있다
모든
깃발을 내리고
서 있다
오지도
가지도
못하는 적신호 앞에서
바다와 같이 밀려올
그 억센
파도를 생각한다
인생은 그때
또 있는 것
지금 우리는
우중에 있다

사랑하는 내 고향 광주를
아직은 노래하지 않으련다

모란이 피는 오월

나는 시인은

침묵을 지키련다

역사

그는 이야기하리라

불타는 가슴

불타는 가슴

오로지

침묵으로 참으리라

내가 다시

무등無等에 충장로忠壯路에

돌아가 사는 날

오랜 역사 앞에

사랑하는 오직 광주를 사랑하는

시인은 노래하리라

뿌리치고 온 서울

모두들 가거라
시인은 빚뿐이다
미친놈의 세상
나는 정신병원에나 가 있겠다
모든 것
물리치고 싶은 서울
누가 찾아오는가
담배가 아쉬운 밤에
먹고 빈 약종이에
울긋불긋한 시를 쓰면 된다
모두들 가거라
지금의 서울엔
아무것도 남기고 싶지 않다

병실

꽃이라도 한 송이
피었으면 좋겠다

사벽은 흰 벽
검은 크레파스를 쥐고
무엇인가 그리고 싶다
오늘도 해질 무렵
인생은 인생을
찾는다
외로운 벽에서
무수한 그림을 그리면서
잠에 취하고 싶다.

밖으로 나가고 싶다

이러한 엄청난
징역 시간엔
누구도 모르게
공을 만지며
밖으로 나가
고요한 어느 숲
호수에 얼굴을 비추며
혼자만이 중얼거리고
싶은

봄아지랑이 같은
심사.

누구도 오지 않는
그러한 고지를 향해
밖으로 나가고 싶다
엄청난 징역 시간에서
밖으로 나가고 싶다.

창문을 열면

창문을 열면
마음의 평화.

더 가까이 오렴
해가 솟는데, 해가 솟는데

멀리
산마루에서는
바람이 인다.

창문을 열면
마음의 평화.

거기에
나의 영원히
고독한 집이 있다.

신화

신화보다
아름다운 나의 작업을
남들은
정신병이라 한다.

분명 신화보다도
아름답고
찬란한 이야기인데

무지개꿈이나 꾸어야지
그려, 미친 채로
무지개꿈이나 바보처럼

꾸어야지.

그것은
분명 신화인데……

신화 같은 이야기

어쩌면 신화 같은
이야기일런지 모른다.

사랑한다는 것은
신화.

모든 것을 버리고
태양 앞에
나체가 되고 싶다.

태양은 아버지
달은 어머니
별들은 아들과 딸들……

이러한 무한한
언저리에서 나는
신화의 숨소리를
듣는지 모른다.

나만이 아는
신화를—

정신병원 풍경

정신병원이 있는
그 곁에
이사가고 싶다.

조용한
한 폭의 그림.

그
병원을 바라보면서

나는 언제나

나를
더욱 나를
생각해보고 싶다.

외로운 개업

문을 열었다
한 잔의 술이라도 있어야 할
밤이다
손님이 와서
얼마냐고 묻는다
그저 웃으며 대답한다
생활인의 기록이
유리에 비친다
외로운 개업
나는 그 곁에서
잠을 못 이룬다
첫인사도 없이 아득하기만 한
문을 지킨다
개업
한 송이 꽃을 들고 올 손도 없다.

겨울 포장집의 아내

괴로운 나날이었다
아내 손은
우리 역사와 같이 망가지고
입술을 다물었다
찾아오는 손님
가는 나그네
뜨거운 소주를 마시고
눈물을 글썽이며 가버렸다
언제 올지도 모르는
그 사람
한 잔의 술도 나누지 못하고
가버린 그 사람
그 사람의 소식을 기다리며
나는 술을 들었다
고통은 커다란 기쁨
언제고 간에 만나야 할 사람
겨울이면 나는 울었다
쫓겨가며
간절한 사연도 토하지 못하고
간 그 사람을……

너를 보내놓고

울고만 싶었다.

여백을
저만치 남겨놓고
울고만 싶었다.

너를
너를 보내놓고는

내 딸의 손을 잡고 · 1

내 생활은
이제
내 딸의 손을 잡고.

풀잎들이 이슬 맺은
강이 흐르는 언덕길을
내 딸의 말을 배우며

내 생활은.

혁명도 자유도 독립도
사랑이거나 눈물도
내 딸의
손목잡고
잠시 잊는 시간.

내 생활은
이제
내 딸의 손을 잡고.

내 딸의 손을 잡고 · 2

이제
역사를 너와 함께
배우자.

옛날은 옛날은
꽃동산.

슬픈 것 감추고
아름다운 것만 들어내어
너에게 전하마.

내 딸의 손을 잡고
수난 많은 우리네 할아버지들을
너와 참되게 읽어보자.

내 딸의 손을 잡고.

담배

밤에
담배는
긴 이야기를 해줍니다.

첫사랑보다도
고요한 이야기를 해줍니다.

담배
그는

나의 옛날의
사랑의 불탄 자리였습니다.

달나라의 암석 · 2

초생달이 떠 있는
밤에도
나는 울었네

언젠가
기다리던
그 님 앞에서
울었네

달나라의 장난과
별들의 눈짓

사랑, 단 하나의 사랑은
누구에게 주리까

신神은 쓰레기란 말도……

우리는 이제 알았네

초생달이 떠 있는 밤
또 한번 나는 울었네

전쟁아 가거라

산천에 핀 꽃들도
산천에 집을 지은
새들도
전쟁을 증오한다.

먹구름 속에 피어난
이슬들도
전쟁을 나무랜다.

전쟁아
우리에게서
씻은 듯이 가거라, 전쟁아
가거라.

그날을 어찌 잊으랴

온통
남한이 피바다를 이룬 날
우리는 한동안 밀려나야 했다
같은 겨레가
서로 피로 얼룩진 그날
우리는 전쟁보다
평화를
더욱 사랑했다
같은 형제끼리
총을 겨누게 한
그들의 죄악 앞에
역사는
흐르는
역사는
무어라고 말할 것인가
눈물뿐이었다
한숨뿐이었다
다시는 이런 날이
이 땅에서 물러나야 할 것 아닌가
우리는 총칼 속에서도
굴하지 않고
펄럭이는 태극기를

가슴에 안았다
오! 그날
어찌 잊으랴
서울이 무너지고
한강이 절단되고
낙동강이 피바다를 이룬 날
우리는 더욱
조국을 사랑했다
평양에 태극기가 펄럭이고
전진하는 우리의 자세
다시는 이런 비극이
이 땅에 없게 하라
오늘도 그날의 무지함을
생각하면
피가 용솟음친다
형제여 참다운 형제여
전쟁을 이 땅에서 뿌리뽑게
하여다오
우리는
분단된 조국 앞에
무지개보다도
아름다운 대화로
이 땅에 다시는 그런 비극이
없기를 기원한
어찌 그날을 잊으랴

까마귀 싸우는 곳

가지를 말자
행여 가지를 말자
까마귀 피흘리는 곳엔
희망과 자유
평화는 없다
가지를 가지를 말자

어지러운

어지러운 한복판에서
나는 무슨 이름으로
서 있는가.

그저 울고 있기만
하는 것은
나 자신 어지러운
복판인 탓일까.

분단기

오래되었습니다
세월은 많이 흘렀습니다
요런 자세로
우리는 꽃이 되어야 합니다
슬픔 고통 눈물
이런 것들이 얼룩진 땅
사랑의 이야기를 나눕시다
양지바른 햇볕 밑에서
고향에 무어라 띄울
부끄러움 없는
편지를 생각해봅시다
무슨 말을 적을까도
지금은 아무 대답이 없습니다

조용히 살고 싶다

정말 무자비해버릴까
조용히 살고 싶다.

비웃어버릴 수도
받아줄 수도 없는

이 억울함을
누군들 알으리.

정말 무자비해버릴까
내 인정은
조용히 살고 싶다.

정말 무자비해버릴까.

시인을 아끼는 나라

시를 모르고 어떻게
정치를 하십니까
양심이 있다면 물러나시오
시인을 천대하는 나라
무엇입니까
시가 있고 그림이 있고
음악을 아는 나라들의

정치는 아름답습니다
그만 이야기합시다

민중의 소리

노한 파도 소리
니빨을 갈았다
우리는 잠자는 듯
누워 있지만
깃발을
바람에
펄럭이었다
밀려오는 파도
그 목소리를
아는가
그 뜨겁고 아픈
목소리, 목소리를
아는가
노한 파도 소리
그것은 우리들의 것이었다

당분간 모든 신문을 사절합니다

이 땅 위에 죄를 짓고 있는
그건 무언가
너절한 시인이나 너절한 교수뿐인가
침을 동서남북에 뱉어야
시원한 그런 것은 아니다
허술한 시장가에
한 사발의 팥죽을 든 아저씨와
손수레 아줌마의 생활이야기
이제 신문은 남이 되고 말았습니다
당분간 모든 신문을 사절합니다
살기 좋은 나라
살기 좋은 나라
온종일 텅텅 울었습니다
시장가를 헤매었습니다
신문이 장사이어서야
정말 그래서야

사자야 지금은 잠을 자야지

사자가 울고 난 허공은
너무나 조용하다
나도 언제 너처럼
울어야 하나
잠을 자야지 지금은
천둥 같은 화산이 일어날
그날은 언제인가
모든 것이 터져버리는
진통 앞에
잠을 자야지
피흘리지 않고
다시 찾아야 할
한덩어리의 조국
우리는 그날
깃발을 날리며
목이 쉬라고 노래한다
목이 쉬라고 노래한다
지금은 잠을 자야지
사자야
지금은 잠을 자야지

외면

모든 것에 외면한다
고독도 사랑도 조국도
외면할 뿐이다
지금은
'비 오는 항구에
떠도는 구름'
모두들
울고 있었다
안으로 안으로 울고 있었다
바위 같은 의지도
깃발도 없는 벌판에
풀잎들은
돋아나려고
몸부림쳤다
역사는
모진 바람을 이기고
서 있었다
울고 있었다
멍든 심장을 안고
울고 울고 있었다

고향은 없나

누구도 만나지 않으련다
그 누구도 찾으려 하지 않으련다
모든 것을 떠나 살고 싶다
고향은 무덤
가을빛 짙은 바다뿐이다
갈라진 가슴팍에
무성한 꽃들이 피어날 때
나는 모국어를 가다듬고
또다시 우렁찬 시를 써야 할 것이다
지금은
문을 굳게 닫고
모든 악수도 사절하면서
녹슨 식칼을 갈아야 할
녹슨 철로 위에 나르는
한 마리 나비일 뿐이다
우리가 가야 할
고향을 찾는 나비
영원한 시와 조국을 위하여
피흘리는
거기에 한 무덤이며
바람과 먼지일 뿐이다

근신중

조용히 살련다
언젠가는 한 번 토하고 살련다
나의 쓸쓸한 자유는
가난하지만
폭풍이 칠 때가
언젠가는 있으리라
아버지의 결혼식은
파고다 공원이다
너와 내가
한 뭉치가 되는 날
우리 아이들은 누구에게도 굴하지 않고
자랄 것이다
친구여 당분간 조용히 살련다
넘어갈 수 없는 산을 보고
푸르고 푸르게 울런다
꼭 한 번 토할 그날을 위해

텅텅 빈 서울

모두들 어디로 갔는지 없구나
서울을 다스리는 사람은
누군가
한잔 할 주막도 없는
포장집에 북풍이 분다
너와 나와의 뜨거운 손이
텅텅 빈 서울에
아직 나도 비었구나
서대문 1번지로 못 갈 바에야
떠나야지 떠나야지 용감히
서울을 떠나야지
정말 미안허이
텅텅 빈 서울에
나 혼자만이라도 남고 싶지 않으니

서울 촌놈들

서울을 하야下野하고

여름 어느 날
다시 서울을 찾으니
눈물뿐이드라
무엇이 좋다고 명동에서
히히거리냐
정말
양심을 지켜야 하지
나는 통일이나 되고
백두 상봉에
태극기를 꽂고 싶은데……
어지러운
어지러운
'데모'의 나라에서
민주와 자유는
언제일까
언제일까
언제일까

전주에 와서

고독할 뿐이다

그 누구도
만나지 않고
고독할 뿐이다
오늘은
완산칠봉
내일은
풍남문 근처에서
아직
전주를 알기는 이르다
당분간
시가 되지 않은
이 밤
울고만
울고만 싶어라

충장로

우리들의
김덕령 장군이
이 길을 만들었다.

난리 속에서도
갖은 난리 속에서

김덕령 장군은 살아
이 길.

가고 오는
길 위에,

가쁜 숨결이
흐르고 있다.

무등산

해가 뜨는 아침이면
어데서나
그리운 산

사계四季마다
나그네는

무성한 안개 같은
너의 품 안을
더듬는다

울지 않으련다
당신같이 평범히 살련다

사계마다
나그네는……

정신병원

여기를 가나
저기를 가나
머리를 앓고 사는 사람들이
가득하구나
담배연기 자욱한
병동에서
나는 누구를 위하여
담배를 피우는가
참으로 어처구니 없는

정신병동에서
마음을 가다듬어라
마음을 다시 한번 가다듬어라
우리네의 꽃동산
봄비가 오는가.

죽은 듯 눈 감고 싶다

한 번 눈 감으면
무덤같이 엄숙한
밤이 그립다.
잠 못 이루는 것 곁에서
잠, 잠을
죽은 듯 들고 싶다.
바다의 마음과 같이
넓고
푸르게
잠들고 싶다.
사람 소리 앞에 문득 일어나는
그런 잠은 자나마나다.
아 영원히

무덤 같은 잠이여—

촛불이 꺼지기 전에

고요한 노래 속에 파묻혀
몸부림치고 싶은 밤
어서들 내 곁에서
돌아가라
촛불이라도 늦도록 피워놓고
혼자만이
울고 싶은 밤
나는 병동에
무엇하러 왔나
음악音樂이 듣고 싶은 밤
촛불이 꺼지기 전에
모두들 돌아가다오.

열쇠가 없다

열쇠가 없다
나는 캄캄하다
창을 열어라
햇볕이 든다
바위 위에 피는 꽃은
인생
안간힘을 다한다
열쇠가 없다
열쇠가 없다
인생은
초원에 쓰러지고
고독만 남아
길이 열린다
한 마리 양이
그림폭에 앉아
풀을 뜯는다
백지와 같이 고독하다
허허벌판에
열어야 할
열쇠
그 열쇠가 없다

새벽닭이 울 때

밤이 가는구나
무수한 밤이 가는구나
꽃으로 죽고 싶은
기나긴 밤
이제 새벽닭이 우는구나
분명 밤은 가고
아침이 오겠지
잠을 잘려고 애를 쓴
노력의 흔적도
새벽닭이 우는 곳에
기쁨이 찾아 오겠지
아아 새벽닭이 우는 밤
나는 아직 잠에
취하지 못하였다.

끝나는 시간

내 스스로의 징역도

이내 끝나는 시간.

자유의 공기란
하루 양식보다도
더 중한 것.

오늘 아니 잊고
내일 다시 잊으리……

끝나는 시간이
바다와 같이 밀려온다.

나는
영원토록 싸우고
고독해야 할 이름.

내 스스로의 징역도
이내 끝나는 시간.

은하수에 있는 철조망

은하수에도
철조망.

이름 없는 별들처럼
흐르고 싶네.

오늘도 아니 자고
내일도 아니 자고

은하수에
돛단배 되어
흘러가고 싶네.

그러나
병실.

철조망이 녹슬은
철조망이 깔렸네.

달도 지네

사람의
발자욱을 남긴
달에게
사랑은 더욱.

오늘밤도 달은 지네
우리의 사랑은 지네.

어서 가시오
그리고
어서 오시오.

오늘 달은 지네
모든
사랑은 지네……

자장가

자장가를 부르고 싶은
여기는 병실
누군가 찾아와
노크하면
태양은 산 위에 있다
모든 과거가 떠오르는
뭉게구름 같은
혁명과도 같은 밤에
나는 잠을 자려고
온갖 힘을 다 하지만
들리는 발자국 소리
무슨 책을 읽어야 할런지
우선
산을 바라본다.

별들

고요한 밤에

창을 내려다보면
서로 눈짓하는
별들
나는 이 속에 아무거나 꽂이고 싶다
누구도 찾아오지 않는
타향에
별들은
나의 고향이다
유성이 떨어지면
또 만나리라
별들의 마음속에서
죽어도 꽂이고 싶다.

잠이 오지 않을 때

잠이 오지 않을 때
나는 편지를 쓰고 싶다
동서남북의
나그네가 되고 싶은
뭉게구름, 피어오르는 뭉게구름

양지바른 곳에

우리는 언젠가는
죽는다.
그래서 약을 먹고
보약을 먹는다.
언제나
우리는
사랑하자 사랑하자.
약을 마시고
또 뜨겁게 사랑하자.

지금 꿈을 꾸고 있는데

나는 지금
무슨 꿈을 꾸고 있는가.

나는 알면서
나는 아는데

세상엔
그림자 같은 소식도 없다.

날이 새면

날이 새면
또 누구를 기다리리라

사회의 어둔 언저리에도
햇빛은 눈부시리라

잠 못 이루는 밤
무엇을 생각하는가
어서 날이 새어
산비둘기도
날아가면 좋겠다

오늘은
누가 올런지
병실은 기다림에 지치는 곳이다
어서 공감할 수 있는

그런
날이 새면
나는 오히려 눈 감으리라.

날이 밝으면

새벽닭이 울면
잠도 깬다
깊은 잠에 취하지 못한
고통의 연속
영원히 잠들고 싶다
유리창이 밝아지면
끝없이 내 마음도 밝아진다

일찍 일어나

동이 트기 전에 일어나

산책을 하고 싶다
누구도 일어나지 않은
새벽공기를 맛보고 싶다
나 혼자이고 싶다
나 혼자이고 싶다

새벽 4시

교회당 종소리가 울리는
새벽
나는 일어나
오늘의 출발을
혼자서 생각합니다.

하느님은 멀리 있으면서도
언제나 곁에 있습니다.

새벽 4시
오늘 하루를 무사히
빌어보기도 합니다.

저 많은 새벽별들과 더불어.

이 세상의 죄인

눈물 한 방울에
나의 죄는 있다
눈물 한 방울에
나의 심오한 죄는 있다
네 한결같은 웃음 속에도
나의 뉘우치는 죄는 있다.

어젯밤 꿈은

위대한 영웅이었다.
언제나 꿈은 위대한
영웅이었다.

절망에서 희망을 주는
활기찬 꿈이었다.

부채질을 하면서
어제 꿈을 되풀이
되풀이한다.

늦은 밤

그믐달과
밤벌레들이 우는 밤.

구름들만의
장난은
아름다운
꽃밭을
가꾸었습니다.

나는
그 꽃밭의
아니, 아니 구름밭의

원정이 되고 싶습니다.

달밤의 그늘

검은 창가에 기대어
시를 쓰네.
검은 달밤의 그늘에 기대어
불꽃 켜줄
님을 기다리네.

언제나 사랑은
화원에 피는
한줄기 빛……

나이팅게일
나에게 푸른 십자가를
그려주소서……

병실에 있으면

봄의 풀잎 같은
이름으로
편지를 쓰고 싶다.

봄의 꽃잎 같은 이름으로
편지를 쓰고 싶다.

색연필을 들고
색연필을 들고

마구 편지를……
그림을 그리고 싶다.

아카샤 꽃

오월의 짙어가는
녹음 속에

아카샤 꽃은
백의의 천사.

시집을 들고
산길을 오르는

아카샤 꽃……
아카샤 꽃……

그는
백의의 천사.

백의 여인

마리아상 앞에
서 있는 풍경

G선의 바람이
분다.

기도하고 싶다
머언 날을
흘러간 날을

저만치 돌아서서
기도하고 싶다.

언제나 병동엔

이렇게
병실에 아프면
시가 있는
도시.

독재자에게도
이런 병실엔
시가 있는
가슴.

언제나 병실엔
평화를 지니고 찾아오는
나이팅게일이 있는 한

나무들이, 나무들이, 나무들이,
물 먹은
사월.

창

창은 태양보다
보석같다.

창은 안개보다
그립다.

창은 별들의
고향이기도 한
어머니.

이러한 창의
품안에서
나는 너를 사랑한다.

해가 솟는다

괴로움의 밤도 가고
해가 솟는다

자유의 아침이다
누구에게 긴 편지를 쓸까
오늘도 아픈 몸을 기대며
해가 있다.

쓰레기통의 대 조각가

쓰레기통은
단지 쓰레기통이 아니다.

거기엔 더욱 많은
보석이 있다.

별도 달도
해도
있다.

나는 쓰레기 속에서
신이 되어본다.

병자들

어데서 왔는지
무엇을 생각하는지
형형색색의
꽃밭이다.

꽃밭이다.

여기도

저기도, 거기도, 아닌
신화와 같은 이야기가

꽃 뿌린다.

북두칠성

일곱 개의 별의 신비는
효자비.

추운 겨울 얼음을 깨고 간
어머니의 발자욱.

큰아들은
동생들을 살짜기 깨웠단다.

길고 긴
신화

북두칠성은
눈물 많은
별들―

나 혼자만의 나그네

잡풀 없는
잔디밭에 금잔디밭에
귀여운 어린애들의
재롱·재롱 이야기를 들으며
살고 싶다.

그런 날의
한 잔의 술잔은
향기로운 신화

홀로이 가고 싶다
나비와 같이
날아서,
어느 낯설은
주막에 앉고 싶다.

가난할 때

너와 더불어
위안을 느끼며 산다
파도가 밀려 와도
폭풍이 쳐도
너는 말이 없다
춘하추동에도
너만은 가난하다
넓은 벌판에
펄럭이는 너

내 모조리 모든 것을 바쳐도
너는 울지 않는다
울지 않는다
아무런 고통에도
울지, 울지 않는다

식탁

내 인생과 같이
중창
이 광장에서,

엄숙히
무엇을 듣자.

해와 달
별과 구름
하늘과 바다와 산
아득한 들녘이

내 식탁에

참으로 가난한 아름다움으로

또 하나의
나 같은 인생을
기다리고 있다.

개미들의 노래

우리들의
지상은
노동.

눈치도 없는
노동 속에서……

현대사는
꽃망울 지는 것.

사랑하는 것도
슬픈 것도
외로운 것도

노동 속에서

하루의
평화와
낙서.

살구꽃

살구씨 팔아서
계피를 얻었던
옛날의 우리 어린시절은
눈물도 많았다

오늘의 살구꽃은 앞으로도 피겠지만
우리들의 자라온 살구꽃은
남의 나라 남의 밭에
학대받은 서러운 사연이 있었다.

죽는 것이 아니다

무덤 곁에서
항상 계절을 맞는다
우리는 대지 위에
뿌리박은 나무
웃고 우는 것도
서러운 일이지만
우리는 결코
죽는 것이 아니다
가을이 되면
열매를 맺고
무덤을 남기는
흘러가는 구름에게
손짓할 수 있는
그런 것
오늘은 무덤으로 분명
남고 싶다 홀로 남고 싶다.

더욱 고독할련다

함부로 말하지 않으련다
누구에게도
마음을 주려 하지 않으련다
갈대는 고독하지 않다
바람에 오히려
그 내일을 뿌리고 있다
함부로 사랑하지 않으련다
누구에게도
내 사랑의 뜻을 표하지 않으련다
갈대는 고독한 것이 아니다
바람에 날리어
나는 나의 고독을
사수하련다
이때부터 나는
나의 고독은
순금처럼 시작된다.

상암동에서

이른 아침
고향을 버린 나그네와 같은
마음으로 서 있다.

상암동에서
수색은 몇 리도 안 되는데

나는
고향을 버린 나그네와 같은
마음으로 서 있다.

청량리

어쩐지 푸른지대가 아니어도
좋다.

어쩐지 어쩐지
어쩐지 좋다.

청량리 가는 길은
옛날의
청계천이 흘렀던 곳

어쩐지
이 지대에서
머언 산을 바라보고 싶다.

길

가도
가도
머언
길.

뉘라서
무어라
할까.

이
길.

한 번
또다시
한 번.

이
길.

이제부터

시작한다

아무리 서럽고 서러울지라도
나의 고독을 위해서
시작한다.

눈물이라도
꽃그늘이라도
나는
사랑스러워

이제

시작한다.

원경遠景

하늘과 닿은
그곳엔
산이 있다
구름이 있다
나무가 있다.

언제나
머언 경치를 바라보는 것은……

내가
지금
꿈틀거리고 있다는

그러한
아름다운 일인지 모른다.

꿈틀거리는 산山길

그름달과 같이
날이 새면
산의 체온을 밟는다
인생도 꿈틀거리듯
산길도 새로이 꿈틀거린다
약수터에서
한 잔의 냉수를 들고 나면
기침이 나온다
모든 것이 꿈틀거린다
색연필을 들고
다시 인생을 써볼까
산길은 꿈틀거린다
나도 덩달아 꿈틀거린다.

달밤의 청소부

달밤에
고요를 쓸어대는

청소부가 되고 싶다

봄,
여름,
가을,
겨울을

쓸어대는 청소부가
오래토록 되고 싶다.

달빛

조선의 창호지에
달빛을 그린다.
조선의 창호지에
끝없는 님의
눈물을 그린다.

하늘을 보았다

고층빌딩이 즐비한 도심에서
위를 보니 까마귀나
솔개가 날고 있다.

그때야
하늘을 보았다.

그때야
참 하늘을 느꼈었다.

해가 떠오르는 도시

해가 떠오르는
도시의 아침.

산은 구름
하늘은 바다.

황홀한 가슴아픔으로
도시의 숨소리는
출렁거리기 시작한다.

해가 떠오르는
도시의 아침엔

나는 울고만
울고만 싶었다.

노래

내 가슴에
숨이 차오를 때,
장미보다
더욱 향기로운
노래를 불러다오.

내 가슴이
누군가 그리울 때
코스모스 같은

흐느끼는 그리움의
노래들을 들려다오.

오늘도 내일도 아니 잊는
노래를 노래를 노래를……

종아

종아 울어라
은은한 가슴을 뚫고
종아, 종아 울어라.

심장이 터질 듯 아픈
종아 울어라.

긴 강이 흐르는 사연
모래밭을 밟듯
종아 울어라.

은하수를 건너
또 건너서

눈 오는 마을에
종아, 종아 울어라.

일기日記 · 1

새벽 일찍 일어나 어제 지나간
일들을 생각해본다.

한 대의 담배를
아끼며 피우면서
뉘우친 어제를
오늘 적어보기로 한다.

담배연기와 같은
일들을……

일기 日記 · 2

조그만한
풍경.

잊은 듯
아니 잊은 듯.

담배 연기
하늘에 내뿜는다.

고요할 뿐

이런 고요함 속에서
내가 서 있고 싶다.

바람만 부는
풀잎들의
음성도 없는
그러한 고요함 속에서

서 있고 싶다.

담배연기 내뿜는
그런 고요 속.

며칠 동안 쉬면서

여백으로 남겨놓자
흥분하지 말자
지나치게 열중하지 말자.

슬슬 슬슬 슬슬

고요한 호숫가의 바람따라
앞에도, 뒤에로도 아닌,

그 중간쯤에서
언제나 흘러가자.

하늘

넓은 가슴
아늑한 가슴
거기에,

나
서 있거라.

나
서 있거라
넓은 가슴
넓은 가슴

푸른빛 붉은빛

푸른빛
붉은빛
조화 속에서,

신세계는
열렸다.

우리들의
정다운
사랑도 열렸다.

푸른빛
붉은빛에서⋯⋯

오로지 사랑은 하나

사랑은
푸른빛으로부터
일곱 빛 무지개.

당신에게
일곱 빛을 드리오리다.

무지개를 드리오리다.

무지개 속에
사랑의 그림자를
그리고 싶다.

그림자

내 사랑은
그림자.

나무그늘 같은 것이나
물결의 그림자.

누구도 모를
나만이 아는
사랑.

언제나
나를 따르는
그림자.

바람뿐인 사랑

사랑은
바람같이
못내 측량하기 어려운
그릇.

사랑은
안개같이
있는 듯 없는 듯
못내 측량하기 어려운
그릇.

산

언제 보아도
산은
나의 그늘

춘하추동……

사랑하는 이의
옷맵시였다.

눈을 감으면

눈을 감으면
말해주지요
님은
사랑하는 님은
꿈에 오지요
허허로운 조국의 벌판에
님은 눈을 감으면
오지요.

보랏빛 마리아상

사랑의 그늘

오래토록
사랑의
그늘.

여백 위에
G선의
음악이
흐느낀다.

보랏빛 하늘로
당신을 다시
맞이하여주소서.

아침 햇살 속에

동녘에 솟아오르는
햇살 속에
잠을 깬
아침.

우리가 커나온

젊음을 다시 한번
뉘우친다.

사랑은
길고
또
남는 것.

봄

동면하는
모든 것들
돋아나는
새싹과 같이

몸부림
몸부림이다

아지랑이와 같이
아지랑이와 같이

모든
동면하는 것들이

몸부림
몸부림이다.

오월 풀밭

오월의 풀밭에
첫사랑은 앉아 있습니다
누구를 기다리는 듯
앉아 있습니다
머언 수평을 그림 그리며
앉아 있습니다
피리 소리 들려오듯 앉아 있습니다
피리 소리 지나가듯 앉아 있습니다

오월의 풀밭에
나비가 날고 있습니다
너와 나와의 철조망가를
가냘피 날고 있습니다

너와 나와의 철조망을
나비는 춤추며
너울거리고 있습니다.

사랑의 이야기

옛날 같은
그리움이다
눈이 오는 날
바람이 부는 날
기다린다
꽃이 피면
사랑이 움트고
음악이 흐르는 시간
그리움은
사랑의 이야기
토요일 오후
고궁의 뜰 앞에
영원한 속삭임이
있었다

아지랑이

언덕 위에
아지랑이
들녘에
아지랑이

우리 인생도
아지랑이
너와
나도
아지랑이
아지랑이
아지랑이

옛날에 옛날에

우리는 서로
옛날에 옛날에
사랑했습니다.

뒷동산의
꽃을 꺾으며
서로 사랑했습니다.

여울물을
따라가며
옛날에 옛날에
사랑했습니다.

꽃동산에

나비도 꽃동산에
산새도 꽃동산에

옛날이, 옛날이, 옛날이,

여울따라
강따라
바다로 가는

옛날이, 옛날이, 옛날이,

언제나 세월은 흘러도

언제나 세월은 흘러도
옛날은 여기
흐르지 않고 있다
나도 오늘
옛날과 같이
여기 서서
다시
세월을
노래한다.

음악이 있는 풍경

밀레의 '만종'
'만종' 앞에 서서 있으면

음악이 흐른다
사랑이 엿들린다
평화가 노래한다

넓고 은은한
자유가

노래를 한다.

달을 밟은 우주인

달을 밟은 그날
세계는
다시
역사가 시작되었다.
갈릴레오의
학대받은 서러움도
뉴턴의
만유인력도
정신병자적
학설은 아니었다.

콜럼버스의 달걀도
우리는 사랑하는 것.

우주의 창세기와 같이
그들은 달을 밟았다
달을 밟았다.

달을 디디고 내려선
그들은
숨김없는 웃음으로
어린애마냥 좋아서
웃고 있었다.

이제부터 지구의 역사가
다시 시작되는 날……

달나라의 암석

너는 그 신비를 모른다
은모래 금모래
강강수월래를 모른다.

계수나무에

달나라의 암석
우리들의 봄은 여기에 있다.

달나라의 암석 · 1

금토끼
은토끼 노니는
은하수……
은모래가에서 온
달의 암석.

이태백이 노닐던
달밤에

달의 암석이
달의 암석이
지구에 돌아와

그 환영대회를 열고 있다.

우리들의 그 사랑을 위해……

달나라의 암석 · 3
−고요의 바다

달나라에서 온
암석으로

당신에게
클로버 시계꽃을
만들어주고 싶네.

달나라에서 온 암석으로
고요의 바다를 만들어

우리는 끝없는 여행을
떠나고 싶네.

달나라의 동무여
귀여운 애인이여
노래하며 춤추자.

에덴의 꽃동산에
아담과 이브의 꽃동산에……

핵 일기

거짓말이 아니리라 믿습니다.

책은
고요의 바다.

달그늘과
그늘과 같이
고요한 바다.

푸른 잉크를
당신의 품 안에 안기고
싶습니다.

힘의 신神

저기 굴뚝은
연기도 나지 않는다.

저기 굴뚝에
연기가 나면
하늘로 열을 내뿜는
그리고 솟구치는
힘의 신이
있을까.

놀라울 일이다

놀라울 일이다
말하지 말자
너와 나와의 비밀.

놀라울 일이다.

잠꼬대 같은
세계의 무법자들의 소리들……

화성에도
지금
달을 응시하면서

그 나라, 달나라의
풍속을
평화로이 기다리고 있다.

못자리의 골프장

정신을 가다듬고
또 집중시킬 때

기도는 이루어지는 것

조그만한 우주는 이루어지는 것

못자리에 서서
나는 골프의 기하학을
생각해본다.

따라오소서

당신들은 모를 일이다
5대양 6대주도
알맹이만 아니면
모를 일이다.

당신들을 위하는
길이오니,

당신들은
우리들의 지시에
금모래 은모래
뿌리며
우리의 가는 길

살짜기 또 살짜기
따라오소서……

1990년의 노래

벅차오르는 새아침
마음을 가다듬어 보아라
우리는 이제
90년대의 문턱에 섰다
어지러운 것들
모두 버리고
풍요로운 시대의 아침을
너와
나는 맞이하자
지난날의
슬픔도 눈물도 버리고
출발의 아침
녹슨 것들 모두 버리고
빛나는 나날을 생각하자
암담했던 지난날
이제는 흘려버리고
새아침의 문턱에
희망과 평화와 자유의 깃발을
높이높이 들자
90년대의 아침은
힘찬 고동 소리가 들린다
모두 행진곡을 부르며

총화로 단결하여
통일을 노래하는
너와
내가 되자
찢어진 역사의 구렁 속에서
오늘보다
밝은 내일을
향하여
우리는 서로 발버둥쳐야 한다
90년대의 첫 아침
신설新雪보다도
더욱 귀중한 이날을
믿음으로 설계하면서
90년대의 깃발을
높이높이 들자
멀어지면 이끌고
흩어지면 뭉쳐서
이 땅의 90년은
억센 파도 같은 힘으로
다스려야 한다
세계 속의 이 땅
우리는 너나없이
지켜야 한다
이 땅의 얼을 지켜야 한다
수난 많은

내 조국의 역사
가시밭 같은 역사를
잊지 말아야 한다
90년대의 첫 아침
우리는 한결같이 사랑해야 한다
우리는 한결같이 뭉쳐야 한다
억센 파도같이 밀려가는
너와
나와의
90년
우리는 은밀히 이야기하자
90년은
평화와 자유
용기와 통일을 가다듬어야 한다
눈물을 감추고
진실한 마음과 마음이 만날 때
우리는 또 하나의
힘을
기른다
1990년의 억센 깃발이여
우리는 너의 곁에 모여서
나라와 겨레를 더욱 사랑한다
뜨거운 신념과
피땀으로 얼룩져야 할
이 땅의 지도를

다시 펴본다
우리는
모두 노래하자
90년대의 이 땅은
화창한 봄날 같은
햇살이
너와 나의
가슴에 퍼져 가리라고
1990년이여
천년의 학같이 날으라
천년의 학같이 날으라

발굴시편

녹슨 철로

가지도
오지도 못하는 곳
무슨 이유로 그럴까
녹슨
철로 위에
한 마리의
평화로운 나비
녹슨 철로 위의
이슬을 먹으며
어데론지 어데론지
날아가고 있었다

버섯처럼 돋아난 섬

버섯처럼
버섯처럼
돋아난
섬들

거기에는
전쟁이 없다
다만
고요한
음악만이
흐르고 있다
버섯처럼
버섯처럼
돋아난 섬
거기엔
평화와
희망만 있다

절개를 지키는 바위

하나의 굳건한
바위는
말이
없다
바다 물결이 파도쳐도
성난 얼굴을

하지 않는다.
동풍
서풍
북풍
남풍이
불어도
말이 없다
오로지
의지를
지키고 있다.

절단된 가슴

눈이 쌓이고
발자국은 없다
조국은
하나여야 하는데
한 언어를 쓰면
절단된 부근
언제까지나
이렇게

절단된 가슴으로
있어야 하는가
눈이 녹고
철조망이 걷어지는 날
우리에게 봄이 온다
그날까지
힘내어 싸울 수밖에……

이 땅은 누가 지키는가

우리는
조국의 땅을
몇 만 년이고
지켜야 한다
누구에게도 줄 수 없는
이 땅의
한 겨레
또한
우리는
이 땅을 위해서는
굳건히 지켜야 한다

누가
무어라 해도
이 땅만은
지켜야 한다

바다에 던져지고 싶다

무한히 펼쳐지는
바다
억센 바람
억센 파도
내 몸 한송이 꽃이 되어
던져지고 싶다
거기엔
진실과
숨결만 있다
바다
한없이 가고 싶다
하늘같이
넓은 바다
나는 꽃으로

죽고 싶다.

쌀쌀한 풍경

파도같이
밀린다
쌀쌀한 바람
언제
분단된
이 땅은
남풍과 합세할까
자유
독립
이런 바람이
이 땅을
안겨줄 것인가
우리는
지금
사막에 서 있다.

가을

열매 맺는 달이다
노랗게 물든
이파리 속에서
거대한
희망이 보인다
가을
잎
열매
더욱 뜨거운
햇빛 속에
과실들은
익어가고 있다
우리 인생도
가을처럼 살았으면
쓰겠다

혁명

땅에서
한 포기
풀이
돋아난다
모진 바람과
비바람 속에서
풀잎은
말없이
돋아난다
혁명
그는
우리들의
오랜 희망이며
삶이다

우리는 피를 흘려서는 안 된다

징그러운 땅에서

살아온
우리만은
이제 피흘려서는
안 된다
거창한
한 뿌리를 위해서
우리는
죽어도 피를
흘려서는 아니 된다
칠색
무지개의 야망을
위하여
피, 피를 흘려서는
안 된다

휴전 이후

얼었던 땅에
얼었던 땅에
언젠가는 훈훈한
바람이 불 것이다

꽃도 피고
나비들도
오고 가는
그런 날은
언제쯤인가
휴전 후에
여러가지 판문점에서
일이 일어났는데
한 땅 한 나라 되는 것이
오로지
아득할 뿐이다
언제
나라를 찾으랴

희망

우리는
하늘같이 산다
아들과
딸들 앞에
진실을 배워주고

아름답게 산다
오늘도 남녘 바람은
옷깃을
흔든다
저 산 넘어
또 강 건너
하늘 같은
희망을 안고
희망을 안고
산다

분단된 조국 앞에 우리는

온통
남한이 피바다를 이룬 날
우리는 한동안 밀려나야 했다
같은 겨레가
서로 피로 얼룩진 그날
오히려 전쟁보다
평화를 더욱 사랑했다
같은 형제끼리

총을 겨누게 한
그들의 죄악 앞에
역사는
흐르는
역사는 무어라고 말할 것인가
눈물뿐이었다
한숨뿐이었다
다시는 이런 날이
이 땅에서
물러나야 할 것 아닌가
우리는 총칼 속에서도
굴하지 않고
펄럭이는 태극기를
가슴에 안았다
오!
그날
어찌 잊으랴
서울이 무너지고
한강이 절단되고
낙동강이 피바다를 이룬 날
우리는 더욱
조국을 사랑했다
평양에 태극기가 펄럭이고
전진하는 우리의 자세
다시는 이런 비극이

이 땅에 없게 하라
오늘도 그날의 무지함을
생각하면
피가 용솟음친다
형제여! 참다운 형제여!
전쟁을 이땅에서 뿌리 뽑게 하여다오
우리는
분단된 조국 앞에
남과 북이 무지개보다도
아름다운 대화로
통일할 수 있는 힘.
이 땅에 다시는 그런 비극이 없기를
기원한다
어찌 그날을 잊으랴!

꽃그늘에서

지평에
던져진
한송이
꽃

그 그늘을
사랑했다
아름다운
순수
그는
젊음이었다.
사랑하자
순수하자
나는
꽃그늘에서
잠이 들었다
우리는
언제나
철조망을
넘을 것인가
나비는
휴전선을
오고 가는
자유가 있는데
우리는
무엇인가
통일 되는
그날까지
이빨을 갈며 기다리자.

어쩔 것이냐

어쩔 것이냐
어쩔 것이냐
수난 많은 역사
어쩔 것이냐
봄이 오고
여름이 오고
가을 겨울이 오면
나는 울련다
나는 울련다
우리는 언제나
나라 통일을 위해
이야기한다
아무리 고독해도
나는 살련다
나는 살련다.

촛불의 노래

푸른 별 하나 고요히 지녀볼 수 없는 밤. 밤이었습니다.

두 눈이 있어도 두 눈이 있어도 이미 붉은 해를 고스란히 잃은 새캄한 어둠의 누리었습니다.

두 눈이 있는 한 우리에게는 무엇보담 푸른 하늘 붉은 해가 있어야 했습니다.

꼭 있어야 했습니다. 단 한 벌의 옷 그날 그날의 양식糧食과 푸른 하늘 붉은 태양만 있으면 조상祖上으로부터 남겨받은 유산遺産이 없어도 즐거이 노래노래 부르고 울음 한 번 없이 살아갈 수 있었습니다.

그러나 붉은 해를 잊은 이런 밤은 찬란하고 호사豪奢스러운 미美의 신神 비너스가 아니어도 좋습니다. 향수鄕愁에 젖어드는 그러한 달밤의 피리소리가 아니어도 좋습니다.

소녀少女 마리아! 당신의 보이지 않는 따뜻한 손으로 한 자루 촛불…… 촛불……

촛불을 켜주십시오. 이때는 어둠을 깨물고 내 맑은 두 눈은 자연自然의 아름다움과 고마움을 봅니다. 상냥한 어머니의 고이 잠든 모습을 봅니다.

그러나 그러나 또 하나의 몸부림에서 벗어난 눈물이 눈물이 있습니다.

귀한 육신肉身의 희생犧牲에서 온 누리를 말없이 말없이 밝히는 넋.

그는 시계초침時計秒針이 돌고 돌 때마다 아아! 가이 없습니다. 가이
없습니다.

촛불⋯⋯⋯.
나의 밤하늘에 빛나는 별 같은 생명의 노래였습니다. 눈물⋯⋯ 제
몸을
쉽사리 바쳐도 아무런 보수도 원하지 않은 최후의 밝으신 가르침이
었습니다.
촛불⋯⋯ 촛불⋯⋯ 촛불⋯⋯.
작은 몸에 정성들여 쉽사리 희생하는 그 둘레는 어둠이란 없습니다.
촛불⋯⋯.
그는 남은 생명生命이라곤 다 태워도 애당초에 원망怨望과 비애悲哀라
곤 없습니다.

마리아 상象
─마리아! 아무 한 사람 사랑하지 아니하리라 그러나 그대만은 사랑하리라─

황혼黃昏에 젖는 어스름한 광야曠野에
눈물로 오는 은연한 발자욱 소리다.

이제 나는
그 넓은 여백餘白에 서서

고요한 기도祈禱로 맞는다

임이 주신 시간時間
임이 주신 공간空間

분명
멀어질 수도 가까워질 수도 없는
어느 위치位置의 교착交錯된 거리距離에서

눈물로 이슬로 마련한
뉘 위하여 참으로 착한 생명生命을
지닌 날이니
꽃이 눈부신 아침이다.

해 저무는 벌판에서

나는
갈 길을
잊었다
양 한 마리 없는
밤길을 걸었다

어데선가
총 한 방울
하늘을
쳐다보았다
거기
별꽃 같은 것이
날아가고 있었다
저
총소리는
누구 것인가
나는 고개를 숙이며
한 방울의 눈물을 흘렸다

광주

나는 당분간
광주를 가지 않으련다
피바다가 되어도
피바다가 되어도
나는 바보처럼
웃고만 있었다

내가 가는
꼭
오월 어느 날 있을 것이
시인이 마땅히 죽어야 했는데
살아 있는 나는
넋 나간 국회의원들의
이야기만 듣는가
슬프다 슬프다
그리고 또 미안하다.

니가 나의 동족인가

이젠 무너져라
터져라
슬픈 자식들
그만 가라
죽일 놈들
이태백이의 달에
똥물이나 칠하고
마음껏 오라
농가는 소도 모자라는데

서울놈들

오사하게 갈비는 잘 씹지

중농정책 잘헌다

막걸리에

밀가루나 실컷 타서 마시고

십 원짜리 만병통치약

생명수나 퍼먹어라

시론 개 씹할 놈의 소리들

나의 조국은 두 동강인데

나의 조국은 두 동강인데

똥개 같은 놈들이

정치가

교수

시인이라고

세상 똥냄새만 나는군

갈비나 잘 씹고 잘 살아라

---

* 이 시는 1991년판 미래사에서 발간한 한국대표시인 100인 선집 『나비와 철조망』에 실려 있다. 이 선집에서는 「니가 나의 동족인가」가 『황지의 풀잎』이라는 시집에 실려 있다고 적혀 있으나, 정작 『황지의 풀잎』 시집에는 이 시가 없다.

황지荒地의 풀잎과
광기의 시학; 박봉우론論

_임동확

1.서론

　전쟁은 모든 이의 존재 근거를 박탈하는 신의 부재, 결여의 시대다. 따라서 모든 종교와 문학, 예술 등에 널리 퍼져 있는 전쟁과 평화의 이미지는 다분히 그것들을 이해하고 해석하는 작업과 맞물려 있다. 특히 전쟁에 대한 문학의 관심은 그것의 생물학적이고 철학적이며 경제적인 과정들에 대한 과학적 설명 내지 해석을 요구하기보다는, 그로 인한 개인의 곤경 혹은 집단행동의 이면에 집중된다. 흔히 '휴전선'의 시인으로 손꼽혀온 박봉우(1934~1990) 시인 역시 예외는 아니다. 출발부터 작고 시까지 그는 거의 일관되게 분단 현실을 인식하면서 남북통일 또는 항구적인 평화의 조건을 탐색하고 있다. 또 전쟁을 규제하고 방지하는 제도나 법률, 습관에 대한 관심보다는 비폭력적이고 반전적反戰的인 개인과 집단의 윤리 문제를 다루고 있다. 구체적으로 그는 분단된 전후의 상황을 '황무지荒蕪地' 또는 '황지荒地'로 규정하면서도, 당대에 유행한 서구의 실존주의나 모더니즘 사조에 휘말리지 않는다. 즉 그의 시는 식민지 시대로부터 해방기를 거쳐 전후戰後까지 계속 이어온 서정파抒情派나 이러한 전통 지향성을 비판하고 나온 '후반기' 동인들로 대표되는 모더니즘 계열에 편입되길 거부한다. 인간의 모든 조건이 파괴되고 황폐한 전쟁 또는 전후의 상황 속에서 실존의식이나 지성의 회복을 전혀 도외시한 것은 아니지만, 한국인의 조건과 비극을 결정짓는 분단 현실과 직접적인 대면을 통한 극복의지를 강하게 내비치고 있다. 다시 말해, 전쟁이 남긴 허무와 폐허 자체에 침윤하거나 피상적인 현실 인식과 형식실험의 모더니즘의 포즈를 취하기보다는, 전쟁으로 인한 인간의 한계상황을 돌파하기 위한 저항과 행동에 더 집중하고 있다.

박봉우는 1956년《조선일보》에 시「휴전선」이 당선하면서 시작활동을 본격화한다. 하지만 그가 고등학교 2학년 때인 1952년 주간《문학예술》지에 그의 대표작의 하나로 손꼽히는「석상石像의 노래」가 당선되고, 1955년에 벌써 시 동인 '영도'를 결성, 그 해 2권까지 낸 바 있다는 점을 감안한다면, 그의 문단 데뷔는「휴전선」이전까지 소급될 수 있을 것이다. 그러나 그의 문단 데뷔 시기가「석상의 노래」이든「휴전선」이든 간에, 박봉우는 자신의 세대를 '신세대'로 규정하면서 "'청록파'를 전후로 한 시인들과 8·15를 이후로 한 시인들의 틈바구니" 속에서 "찢어진 저항의 기旗를 올리고" "양단된 조국의 운명을 생각하는"* 시인이 되고자 했다. 당시로선 선구적이고 전위적인 분단 극복 의지와 행동적이고 참여적인 시세계가 바로 그것이다. 즉 그가 민족 동질성의 회복과 분단 현실 극복이라는 이중 과제를 누구보다도 먼저 자각하고 실천할 수 있었던 것은, 자신의 세대를 '황무지의 지성'으로 자리매김하면서 전후라는 혼란

---

* 박봉우,「신세대의 자세와 황무지의 정신」,『한국전후문제시집』, 신구문화사, 1961, 369쪽.

424

된 상황에 대처하려 했던 결과였다. 박봉우 시인은 자신을 우선 '신세대'로 규정하고 당대의 현실을 모든 것이 무너진 불모지 내지 '황토荒土'로 인식함으로써, 여타의 시인들과 달리 바로 자신의 시적 입지와 목소리를 낼 수 있었다. 자신이 살고 있는 당대가 폐허 또는 폐원이라는, '황무' 의식과 맞물려 있는 '신세대' 의식을 전제로 '풀잎'으로 상징되는 새로운 삶의 소생 내지 갈망의 정서를 표출한 것이다.

2. '황무荒蕪' 의식과 신세대의 벽

1) 시적 자아로서의 '나비'와 '벽'의 상징성

박봉우의 제1시집 『휴전선』은 제4부로 구성되어 있으며, 제1부가 '신세대의 벽'이란 제목을 달고 있다. 이는 곧 그가 자신의 세대를 언필칭 '신세대'로 규정하고 있음을 드러내고 있는 동시에, 그가 무엇을 '벽'으로 규정했는가를 살펴보는 단서가 될 수 있다. 제1부에 실려 있는 「나비와 철조망」의 한 구절을 보기로 하자.

앞으로도 저 강을 건너 산을 넘으려면 몇 '마일'은 더 날아야 한다. 이미 날개는 피에 젖을 대로 젖고 시린 바람이 자꾸 불어간다 목이 빠삭 말라버리고 숨결이 가쁜 여기는 아직도 싸늘한 적지.

벽壁, 벽…… 처음으로 나비는 벽이 무엇인가를 알며 피로 적신 날개를 가지고도 날아야만 했다. 바람은 다시 분다 얼마쯤 날면 아방我方의 따스하고 슬픈 철조망 속에 안길,

이런 마지막 '꽃밭'을 그리며 숨은 아직 끝나지 않했다. 어설픈 표시의 벽. 기旗여……

—「나비와철조망」일부

위 시에서 "벽"이 무얼 의미하는지 분명치 않다. 다만 우린 그가 말하는 벽이 "철조망"으로 대변되는 분단 현장과 현실임을 쉽게 짐작할 수 있다. 그야말로 "목이 빠싹 말라버리고 숨결이 가쁜" "적지敵地"와 "따스하고 슬픈 아방我方" 사이에 놓여 있는 것이, "피로 적신 날개를 가지고도 날아야만" 하는 "나비"로 대변되는 바로 자신을 포함한 "신세대"의 "벽"으로 설정되어 있다. 하지만 그러한 "벽"은 "나비"의 종착점이 아니다. 자신이 현재 처한 "바람" 부는 시공간과 "마지막 꽃밭"으로 상징되는 이상세계 사이의 접점으로 단지 극복의 대상일 뿐이다. 그 "벽" 또는 그것의 존재를 알리는 "기旗"는 "어설픈 표시"일 뿐이다.

그러나 "나비"가 "다시" 부는 "바람" 속에 있듯이, "벽"은 생각처럼 쉽게 극복될 수 없는 대상이다. 여전히 시적 화자가 처해 있는 시공간은 "아무런 발전도 진전도 없"이 "허물어져 가는" "지역"이자 "따시한 꽃 한 포기 없는 폐원廢園"(「목숨의 시詩」)이기 때문이다. 혹은 "나비 한 마리 쉬어갈 꽃 한 포기 없는 매정스러운 황토荒土"이거나 "괴로운 운명만을 자랑삼는 독사"와 "꽃배암들"이 서로를 "물고 찢"다가 "자기들만 살려고 도망치는 폐허"(「부감도俯瞰圖」)에 불과하기 때문이기도 하다. 그가 살고 있는 시공간은 여전히 전후의 폐허에서 자유로울 수 없다.

이 같은 상황은 상당한 세월이 흐른 후에도 여전히 개선되지 않는다. 모든 것이 전후의 연장에 불과하여, 더러 악화되거나 경직되어 나타난다. 반공 이데올로기의 절대화와 독재체제의 공고화 때문에 그가 쉽게 무너지리라 생각했을 수도 있을 '벽'이 더욱 완강하고 높게만 느껴진다.

그 모든 민족적 비극와 슬픔의 원천이자 재앙의 근거인 남북분단이 극복
될 가능성이 좀처럼 엿보이지 않는 것이다. 1971년《창조》지에 실린「황
지荒地에 꽃핀」이란 시를 우선 살펴보기로 하자.

남과
북으로 나누어 산 지도
오래되었다.

녹슨 철로 위에
진달래만
서글프다.

어떤 이는 절실히
통일을 부르짖고 갔지만
역사는 잔잔하다.

(중략)

나비들은 나비들은
철조망을 오고 가고 하는데
답답한 벽은 언제 무너질 것인가
누구의 힘으로 무너질 것인가.

—「황지荒地에 꽃핀」일부

별다른 설명이 필요 없을 만큼 이 시는 역시 지극히 간단한 내용을

담고 있다. 남북분단의 대표적 상징물이라고 할 수 있는 끊어진 "철로"가 오랜 세월 때문에 녹슬어 가고 있으며, 그 과정에서 "어떤 이"들이 "절실히 통일"을 염원하는 목소리를 냈지만 그에 합당한 반응이 없다는 절망감이 투영되어 있다. 지고의 신앙이라고 할 수 있는 남북통일에 대한 기대가 무너진 "답답한" 상황에서 "벽"으로 표현된 휴전선이 "언제 무너질 것인가" 또는 "누구의 힘으로 무너질 것인가" 무기력하게 되묻고 있는 시에 불과하다.

하지만 그의 시적 내용의 단순화 내지 경직화에 비례하는 시적 형식 및 수사적 장치의 평면화를 단지 한 개인의 시적 역량 및 성실성만으로 한정시켜볼 수는 없다. 즉 특별히 이 시만의 문제만은 아닌, 초기 시의 풍부한 비유와 치열한 모색에 따른 중층적인 형식과 내용의 포기 내지 타기는 어떤 면에서 당대 사회의 전망 부재와 획일화와 그 맥을 같이 한다고 할 수 있다. 다시 말해서, 그의 시가 후기에 갈수록 단정적이고 간결한 어조로 바뀌는 것은 평화와 자유의 상징이라고 할 수 있는 "나비"가 여전히 정착할 곳을 찾지 못했으며, "휴전선"이라는 유형의 "벽"뿐만 아니라 그에 못지않은 온갖 금기와 타부의 벽이 더욱 증폭되고 있었다는 사실과 무관하지 않다.

1987년에 간행된 제6시집 『딸의 손을 잡고』에 실려 있는 그의 시 「휴전선의 나비」가 그 증거다.

어데로 가야 하나
어데로 날아가야 하나
피흘리며 찾아온 땅
꽃도 없다
이슬도 없다

녹슨 철조망가에

나비는

바람에 날린다

남풍이냐

북풍이냐

몸부림 몸부림친다

우리가 살고 있다는 것은

고층빌딩이 아니다

그보다도 더 가난한 노래다

심장을 앓은

잔잔한 강물이다

바다이다

한 마리 나비는 날지 못하고

피투성이 된 채로

확 트인 하늘을 우선

그리워한다

―「휴전선의 나비」 전문

　잦은 반복법 사용과 단정적 어조 사용 등이 보여주듯이 이 시 역시 단순해진 시적 구성과 수사법 사용만큼 남북분단의 현실을 거의 직설적이고 직정적으로 노래하고 있다. 전후의 폐허에서 '신세대'를 자처하며 그나마의 희망 또는 평화에의 염원이 여전히 답보 상태에 있는 것에 대한 안타까움의 정서만이 확인될 뿐이다. 구체적으로 "나비"에 투사된 이 시 속의 시적 자아는 애써 "피흘리며 찾아온 땅"에 "나비"의 일용할 양식이라고 할 수 있는 "꽃"과 최소한의 생존에 필수 불가결한 "이슬도 없"는 것을 발견한다. 더욱이 거기에는 "남풍"인지 "북풍"인지 모르지만, "나비"의 존재를 또다시 위협하는 "바람"이 불고 있는 최악의 상황이다. 오랜 세월이 흐른 후에도 여전히 가시적 혹은 비가시적 '벽'이 "한 마리 나비"를 이중 삼중으로 에워싸고 있음을 암시하고 있다.

그런 만큼 이 시가 도입부인 1~2행에 걸쳐 "어데로 가야 하나"를 탄식하듯 반복하고 있는 것이 자연스레 다가온다. 하지만 그럼에도 불구하고, 그 "나비"는 절망의 나락으로 빠져들지 않은 채 "몸부림" 치는 모습을 보여주고 있다. 비록 "피투성이 된 채로" "날지 못하"는 상태이지만, "녹슨 철조망"으로 상징되는 분단조국의 현실 속에서 "더 가난한 노래" 또는 "잔잔한 강물"로 대변되는 영구적 평화 또는 남북통일에 대한 염원을 거두지 않고 있음을 확인할 수 있다. 그야말로 모든 현실적 이해관계를 넘어 "우선"적으로 "확 트인 하늘"을 "그리워"하는 초의지적인 생명력을 보여주고 있다.

2) '풀잎'의 소생을 통한 '새 삶'의 의지

박봉우 시인은 자신을 우선 '신세대'로 규정하고 당대의 현실을 모든 것이 무너진 불모지 내지 '황토荒土'로 인식함으로써, 당대의 시인들과 달리 바로 자신만의 시적 입지와 목소리를 내고 있다. 자신이 살고 있는 당대가 폐허 또는 폐원이라는 '황무' 의식과 맞물려 있는 '신세대' 의식을 전제로 '풀잎'으로 상징되는 새로운 삶의 소생 내지 갈망의 정서를 표출하고 있다.

제1부에 실려 있는 시 「신세대」는 그런 점에서 매우 주목해봐야 할 시 중의 하나이다.

헐어진 도시 또 헐어진 벽 틈에 한 줄기 하늘을 향하여 피어난 풀잎은 무엇을 의미하는가.

봄, 봄, 봄인가 그렇지 않으면 가을을 말하는 것인가. 모질게 부비고 부비며 혼 있는 자세여.

강물도 흐르고 바람도 스쳐가며 나무들이 손짓하는 그리고 해와 별들도…… 이 영토 위에 조용히 오는 풍경. 살고 싶은 것이나 새롭고 싶은 것인가.

살벌한 틈사구니에서 모질게 부비고 부비고 피어나는 내 가슴의 휴전지대에서 너를, 너를 울리는 나. 나는 무엇인가.

바다. 너는 그 섬에서 노래를 들으리라 무엇을 의미하는 풀잎의 소리를. 한 포기 꽃이 제대로 피어나는 통일을 영토를 세계를……

헐어진 도시에 아직은 창. 창은 있는가 병들고 시들은 봄이나 가을이란 그런 계절이 우리는 없어도 고목 속에 이젠 피어야 할 너를, 너를 울리고 창을 향해야 하지 않겠는가.

—「신세대」전문

위 시에서 전쟁으로 "헐어진 도시"와 "헐어진 벽 틈에 한 줄기 하늘을 향하여 피어난 풀잎"은 다름 아닌 그를 포함한 "신세대"를 가리킨다. 전쟁의 폐허를 딛고 "모질게 부비고 부비며 피어나는" "풀잎"은 연약하지만 "봄"으로 대변되는 신생과 새로운 삶의 의지를 나타내는 시적 상관물이다. 하지만 "나"는 "풀잎"의 돋아남이 과연 "봄"의 도래를 나타내는가, 아니면 모든 생물들이 시드는 "가을"을 나타내는가에 대해 확신하지 못한다. 또한 "헐어진 도시에 아직은 창. 창은 있는가"라고 한 자문자답은 여전히 당대가 전후의 폐허를 극복하지 못했다는 것을 강하게 의식하고 있다는 것을 뜻한다. 다시 말해 "풀잎"의 소생이 "살벌한 틈사구니"로 대변되는 첨예한 이념 대립과 그로 인한 남북분단으로 인해 그에 합당한 상징성을 획득하지 못하고 있다는 것을 의미한다.

그럼에도 불구하고, "나"는 그 "풀잎"을 통해 "살고 싶은" "나"의 의지나 "새롭고 싶은" "나"의 욕망을 확인 받고자 한다. 그러면서 "병들고 시들은 봄이나 가을이란 그런 계절"과 상관없이 "한 포기 꽃이 제대로 피어"날 "통일"의 "영토"와 "세계"를 그리고 있다. "계절"의 순환이나 자신의 존재와 상관없이 "피어야 할" "풀잎"과, 그러한 "풀잎"을 "울리고 창을 향해야 하지 않겠는가"는 강변은, 역설적으로 당대의 불모성과 그로 인한 "신세대"적 시인의 사명과 임무를 그만큼 강하게 의식하고 있다는 것을 반증한다.

그러나 "신세대" 의식은 엄밀히 말해 자신들이 믿고 기댈 이념적 문학적 지주가 없다는 점에서는 일견 불행하다고 할 것이다. 모든 것을 영점에서 새로이 시작해야 하는 수고로움이 기다리고 있기 때문이다. 반면에, 어떠한 전통이나 영향으로부터 자유로울 수 있다는 면에서는 또한 개척자적이고 예언자적인 시 세계를 열어 가는 즐거움이 부수적으로 따른다고 할 것이다. 즉 때로는 신세대의 의식을 대변하는 "젊음"이 "오히려" "괴롭"거나 "날개 없는 새"(「고독한 여행자」)에 비유할 수밖에 없는 처지이지만, 때때로 그것은 "황무지" 속에서도 "해도 미소微笑"하는, "눈부신 해동기解凍期"(「음악音樂을 죽인 사격수射擊手」)를 꿈꾸게 하는 힘으로 작용하기 때문이다.

이러한 "풀"의 변형 내지 확대라고 할 수 있는 "꽃(밭)" 또는 "능금나무"오월의 과원""사계절" 등이 바로 그것이다. 이 모든 시어들은 대체로 척박한 전쟁 또는 전후 상황에도 굴하지 않고 소생하는 생명의 의지나 인간과 역사의 전방에 반드시 있어야 할 요청적인 세계를 나타내고 있다.

> 꽃밭은 없는가 우리가 잠을 자고 가도 좋을 그런 꽃밭은 없는가 우리의 심장을 익은 해와 같이 태워도 좋을 사랑이란 집은 사랑이란 집은 영영 없는가

(중략)

> 꽃밭은 없는가 차라리 병실이라도 없는가 핏덩어리로 산화된 전우의 날개를 묻어줄 한 주먹 고향흙과 그런 양지의 산맥도 없는가 어쩔 수도 없는 날개를 시체 그대로 버리고 날아가야만 하는 또 하나 젊은 날개의 슬픔을 너는 모른다. 죽은 혼이여 네가 부를 신의 이름이 여기 날고 있다. 멀어진 꽃밭을 찾아 억세게 날으고 있는 헐어진 고층탑에 마지막까지 남은 산만한 깃발. 아름다운 반항을 눈떠보는 것은 나의 것인가.

—「사수파死守派」일부

시종 "꽃밭은 없는가" 반문하고 있는 이 시에서 "꽃밭"의 구체적인 실체가 제시되어 있는 것은 아니다. 하지만 우린 "차라리 병실이라도 없는가" 하는 시 구절을 통해, 우린 시적 화자가 얼마나 피폐하고 척박한 환경에 처했는지 지레 짐작할 수 있다. 달리 말해, 여기서의 "꽃밭"은 인간의 가장 기본적인 욕구라고 할 수 있는 "잠"마저 부자유한, "핏덩어리로 산화된 전우의 날개를 묻어줄 한 주먹 고향흙과 그런 양지의 산맥도

없"는 시공간을 나타낸다. 피아를 떠나 최소한의 인간적 예의라고 할 수 있는 죽은 자의 "시체"마저 그만 외면하고 어디론가 "날아가야만 하는", "또 하나 젊은 날개의 슬픔"을 아는 "나"가 그나마 시도해보는 "아름다운 반항"의 일종이다. 그러니까 박봉우 시 속에서 "풀잎"이나 "꽃(밭)" 등은 단순히 낭만화된 감정의 소산이라기보다는 인간의 삶과 세계에 대한 환상이 철저히 파괴된 가운데 발생한 낭만적 아이러니의 일종이라고 할 수 있다.

3. 신의 부재와 고아의식

1) '죽어버린 신'과 아가들의 절박한 '잠'

전쟁은 한마디로 기존의 모든 관계 상실을 야기하며, 부정적으로 경험된 영靈의 상황이라고 할 수 있다. 전쟁으로 인한 국가 또는 공동체, 그리고 가족의 붕괴나 공동화는 믿고 지지할 정신적 지주의 상실에 그치지 않고, 끊임없는 혼돈混沌과 물리적 궁핍窮乏 등으로 이어진다. 즉 그가 주로 고등학교 선후배 사이인 강태열, 김정옥, 박성룡, 이일, 정현웅 등과 함께 '영도零度'라는 시 동인을 결성·참여한 것은 우연의 일치라고 할 수 없다. 전쟁으로 인한 절대적인 권위 또는 믿음의 부재는 자연스레 신의 부재와 동시에 신과 유사한 존재의 요청으로 이어질 수밖에 없다. 다시 말해서, '영도'라는 시 동인의 결성은 총체적 세계상실로 인한 극단적인 불안과 상실감, 그리고 새로운 초월적 존재 내지 안전지대의 추구와 맞물려 있다.

그만 지는 꽃잎과 같이 흩날릴 아쉬운 날개. 왜 우리는 이렇게도 모든 것에서 버림받았는가. 사랑이나 외로움은 한없이 까다로운 채 살고 싶은 살고만 싶은 날개의 마지막 생채기. 피는 흘러도 붕대를 감아줄 병실 없는 싸움터에서 아우성 아우성치는 처참한 풍경을 보는가.

이러한 풍랑치는 자리에 신의 눈은 없는가. 우리를 돌봐줄 신의 손은 없는가 황량한 저 들판이 신의 눈이다. 질서없이 몰아쳐오는 성난 파도 같은 저 바람이 신의 손이다. 끝없는 사랑을 위하여 죽어가는 날개 위에 무덤 무덤인들 병은 아닌가.

—「사수파」 일부

매우 격정적으로 쓰여진 이 시는 전쟁 또는 전후의 상황을 "피는 흘러도 붕대를 감아줄 병실"마저 "없는 싸움터"로 규정하면서 "왜 우리는 이렇게도 모든 것에서 버림받았는가"라는 반문을 아프게 던지고 있다. 그 어디를 둘러봐도 "병실 없는 싸움터"에서 "아우성"만 되풀이해서 들려올 뿐, 신과 같은 절대자는 물론 모든 인간적 신뢰와 구원의 손길이 끊긴 상태의 벗어날 길이 없는 절망감을 토로하고 있다. 겨우 선택한 "사랑이나 외로움"마저 "까다"롭게 "살고만 싶은" 강렬한 소망을 여지없이 배반하고 있는 시대현실에 대한 비탄을 확인할 수 있다.

그래서 "풍랑치는 자리"의 아픔을 돌봐줄 "신의 눈"과 그 상처를 "신의 손"을 강력히 요구한다. 하지만 구원과 위로의 메시지는 그 어디로부터 오지 않는다. 다만 그 "풍랑치는 자리"에 "황량한" "들판"과 "질서 없이 몰아쳐오는 성난 파도 같은" "바람"만이 대신할 뿐이다. 그리고 그 자체가 "신의 눈"이자 "신의 손"이라고 믿을 수밖에 없는 역설적인 비극의 상황이다. 그러한 황량하고 무질서한 "무덤"의 공간을 "사랑"해보지만 결국 "죽어"갈 수밖에 없는, 신의 존재를 그 어디에서도 확인할 수 없는 시공간이 바로 전쟁 또는 전후의 상황인 것이다.

그의 시에 자주 나오는 고아의식은 바로 여기와 연결되어 있다. 어떠한 초월도 도피도 허용되지 않는 정신적 공황상태 또는 물리적 피폐함과 맞물려 있는 게 바로 고아의식이다.

> 방에는 불기도 없습니다. 아가들은 지금까지 양지와 음지를 생각할 겨를도 없이 잠이 들었습니다. 저 무수한 하늘의 보석별들이 아름다운 것인 줄도 몰랐습니다. 밤이 되어도 별을 본 적이 없습니다. 한 끼의 깡통밥을 위해서 눈치에 눈뜬, 그 많은 아가들이…… 다수운 체온이란 애당초에 만져보지 못한 채 잠이 들었습니다.

> 신神도 그 가슴에 빈 채 잠이, 깊은 잠이 들었습니다. (중략) 새벽닭이 울면 두 손을 호호하며 사시나무처럼 떨고 있는 그 아가들이 잠이 들었습니다. 모진 십이월의 방공호 같은 어두움 속에 안겨 깊은 잠이 들었습니다.
> —「검은침실」 일부

여기서 보호 대상이라고 할 수 있는 "아가들"은 "불기도 없"는 "방"에 그저 방치되어 있는 상태. 무엇보다도 이 "아가들"의 "잠"은 성장에 필수적이라고 할 수 있는 휴식과 재충전으로서의 "잠"이 아니다. 그저 "양지와 음지를 생각할 겨를도 없이 잠들었"을 정도로 하루하루의 생존에 쫓기는 상태에서 이루어진 생존적 본능으로서 "잠"일 뿐이다. 그야말로 "다수운 체온이란 애당초에 만져보지 못한" 고아인 "눈치에 눈뜬" "아가들"이 "한 끼의 깡통밥을 위해서" 거리를 헤매다가 지쳐 쓰러져 자는 "잠"이라고 할 수 있다. 특히 그러한 "잠"은 "새벽닭"이 우는 다음 날에도 여전히 개선될 여지가 없는, "신"마저도 그 상황을 어쩔 수 없어

"깊은 잠"에 든 절망적이고 비극적인 "잠"이라는 점이다.

　　이와 같이 "아늑한 집들"로 대변되는 보호처나 피난처를 "잃어버린/ 앙상한 고아"(「광장廣場의 목소리」)들이 선택할 사항은 극히 제한적이라고 할 수밖에 없다. 도저한 허무주의 내지 자살 충동 혹은 방랑이 기다리고 있을 뿐이다.

　　　　나의 앞에는
　　　　벽밖에 없습니다.

　　　　(중략)

　　　　고향도
　　　　어머니도, 잃어버린
　　　　내 가슴은 사무치게 찢어지는
　　　　가을의 낙엽들입니다

　　　　산장엔
　　　　어두운 심정의 비가 옵니다.
　　　　산비둘기는 집을 찾아가고
　　　　나는 외인부대의 고아가 되어
　　　　영 갈 곳 없는 지평에 서 있습니다.

　　　　누군가
　　　　내 어두운 정신을
　　　　환히 어루만져줄

그런 손과, 눈과 웃음이 있는 곳에
머물 수 있는 목소리가 그립습니다.

지금, 나의 앞에는
지구마저 버리고 싶은
무덤의 휴일이
노을 속에 울음으로 젖어가고 있습니다.
―「외인부대外人部隊」 일부

　오직 자신의 "앞"이 존재하는 것이라곤 "벽밖에 없"는, "고향도/어머니도, 잃어버린" "나"는 이제 일시적으로 국적을 떠나 해당국의 이해관계를 위해 싸우는 "외인부대의 고아"로 전락한다. 태어날 때부터 축복받지 못한, 버림받는 자들이 자살 또는 방랑 대신 한번쯤 생각해볼 만한 선택이라고 할 수 있다. 하지만 그것마저 자신을 위로해주나 만족시키지 못한다. 문득 자신이 "영 갈 곳 없는 지평에 서 있"을 뿐이라는 것을 발견할 뿐이다. 단지 자신이 살고 있는 "지구마저 버리고 싶은" 죽음의 충동 또는 "무덤의 휴일"로 대변되는, 전망이 부재한 한없이 지루한 생이 기다리고 있을 뿐이다. 그래서 "나"는 자신의 "어두운 정신을/훤히 어루만져줄" "누군가"의 "손"과 더불어 "눈과 웃음이 있는 곳에/머물 수 있는 목소리"를 그리워한다. 마치 "가을의 낙엽들"처럼 방향을 종잡을 수 없는 삶을 살아가야 할 운명의 고아들로서 절체절명의, 그러나 실현 불가능한 소망 중의 하나라고 할 수 있다.
　따라서 박봉우가 그의 시 작품 여기저기서 자살충동을 내비치는 것은 단지 일시적 충동이나 정신병적 이력에서 나왔다고 보는 것은 단견이라고 할 수 있다. 즉 문득 "나를 자살시킬까" 하는 충동은 근원적으로 "이제 뼈도 남지 않은/바람 잘 날 없는 세상"으로 대변되는, 구원자로서 신이 침묵하거나 죽어버린 사회 때문이라고 할 수 있다. 달리 말해서, "신은 나에게 있는가"는 질문은 그야말로 어떠한 구원이니 기적을 바랄 수 없는 시대의 신의 부재를 전제로 한 반어법의 일종으로서, "황무지"에 "지평을 열어야 되겠다"(「황무사회荒蕪社會」)는 강렬한 의지 표명에 다름 아니라고 할 수 있다.

2) '바위' 의 부동성과 묵시적 전언

박봉우는 무정하고도 가혹한 전쟁으로 인한 인간의 비참과 부조리가 제아무리 크더라도, 주어진 가혹한 운명을 이겨나가면서 새로운 길을 찾는 군건한 의지와 결의를 보여준다. "모진 바람"과 "피비린내 나게 싸우는" "나비"(「나비와 철조망」)처럼 어떠한 가혹한 조건에 굴하지 않는, 강렬한 생의 의지나 저항의식을 여기저기서 피력하고 있다.

　한폭의 하늘을 현상할 수 있는 구름의 변함 같은 일각의 생리生理로는 도대체 배겨날 수 없는 당신의 의지意志는 날이 날마다 침묵 속에서. 미구未久에 닥아올 거센 폭풍暴風을 기다리며 군이 굳어버린 얼굴의 숙명宿命으로. 하나의 완벽한 열매들을 위하여.

　(중략)

　……. 이와 같이 언제나 무언의 표적標的을 향向한 당신의 표상表象은 빈틈 하나 없이 아로새길 참의 거울로. ……아득한 지역의 과정에서 괴로움과 눈물을 주는 몸부림 같은 것이라 믿으면,

당신의 영토領土 위에서. 부르는 노래는 영원히 멸멸滅하지 않을 신앙 같은 것보다 더 보배로운, 그런 것—

(중략)

무엇으로 열 수 없는 당신의 파아란 창은. ……얼마나 많은 세월을 거쳐서 열릴 수 있는, 이러한 눈부신. 눈부신 가능에의 묵시였습니다.

—「바위」 일부

유달리 많은 쉼표와 마침표, 말줄임표와 더불어 문장의 호흡이 자꾸 끊기는 모습을 보여주고 있는 이 시에서 "바위"는 "구름"과 같이 가변적이고 유동적인 존재와는 전혀 다른 "생리生理"를 가진 사물로서 과거뿐만 아니라 "미구未久에 닥아올 폭풍"을 결코 두려워하지 않은 "의지"의 상징물이다. 어떠한 악조건의 역사적이고 인간적인 운명이라도, 그걸 하나의 "숙명"으로 받아들이며 늘 부동의 "침묵"을 보여주는 "바위"는, "아득한 지역의 과정에서" 생겨난 온갖 "괴로움과 눈물"로 대변되는 인간적인 "몸부림"을 함축하고 있다. 하지만 그것은 "하나의 완벽한 열매들을 위하여" 모든 것을 감내하는 "빈틈 하나 없"는 "참의 거울"이자 "영원히 멸하지 않을 신앙 같은 것보다 더 보배로운, 그런 것"의 일종이다. 수많은 "세월을 거쳐야 열릴 수 있는", "무엇으로"도 "알 수 없는" "눈부신 창"을 달고 있는 "바위"는, 무엇보다도 "눈부신 가능에의 묵시"를 나타내고 있다.

결국 그가 전쟁 또는 전후가 가져다준 죽음과 파멸, 궁핍과 몰락, 공포 등의 체험 속에서도 결코 개인적이고 실존주의적인 밀실이나 절망적인 고백의 시 세계로 함몰되지 않은 이유도 바로 이러한 "바위"로 표상되는 인간의 강력한 삶의 의지나 가능성을 탐색한 결과라고 할 수 있다. 모든 이들에게 전쟁은 선택의 여지없는 우연적이고 불가해한 사건이지만, 그럼에도 불구하고 인간은 자신들의 의지와 행동으로서 그런 악조건을 초극하고 변혁할 수 있어야 한다는 것이 그의 시적 자세였던 것이다.

여러 험한 풍랑風浪을 겪은 뒤의 이야기입니다. 그것은, 돌아올 내년來年 봄쯤 신부新婦될 새악시의, 혼자서 가지는 부끄러운 비밀秘密과,

진종일을 숨어서, 겨우 살아난 얼굴. 또 아지랑이같이 겪은 지난 일들— 누구 하나 반갑게 봐주지 않았던 이 결정結晶 같은 것은, 산山과 밤이 기억記憶하는.

미더운 과묵寡默을 지닌 채, 몇 번이고 몇 번이고 살아 나가면 신라新羅와 같은 나라가 또 하나 과연 다가오리라 믿는 아름다운 아름다운 이야기입니다.

—「산山 열매」 전문

여기서 "산 열매"는 앞에서 살펴본 "바위"와 같은 "미더운 과묵寡默"의 시간을 거쳐 얻는 "결정結晶"이다. 동시에 "여러 험한 풍랑"과 "누구 하나 반갑게 봐주지 않았던" 세월 속에서 "몇 번이고" 삶의 의지를 다지며 "부끄러운 비밀"과 같이 결실을 맺은 그 어떤 것을 상징한다. 그리고 그러한 "산 열매"는 통일 "신라新羅와 같은" 안정되고 평화로운 세상의 도래를 암시하고 있다. 하지만 이것은 "아지랑이같이 겪은 지난 일들"로 대변되는 전화戰禍 속에서 "겨우 살아난 얼굴"들이 애써 "기억"하거나 "다가오리라 믿는" 미래에 자신들의 소망을 투사한 것에 불과하다. 모든

것이 철저히 무화된 전후의 상황 속에서 행동과 선택의 주체로서 자신의 책임과 임무를 자각한 자가 꿈꾸는 "아름다운 이야기"라고 할 수 있다.

그런 의미에서 박봉우의 시 세계는 일견 사르트르의 실존주의적 휴머니즘의 입장에 서 있다고 할 수 있다. 즉 박봉우가 전쟁의 폐해를 성토하거나 그 심각성과 비극성에 주목하여 허무주의의 나락으로 떨어지기보다는 그것에 대한 저항과 초극의 의지를 강력히 피력하고 있는 것은, 인간의 운명은 인간 수중에 있는 만큼 그에 마땅한 실존의 자유와 행동이 요구된다는 주체적이고 행동주의적인 휴머니즘에 그의 시적 뿌리를 두고 있었던 탓이라고 할 수 있는 것이다. 다시 말해서, 그의 시 「바위」나 「산 열매」 등에 나타나는 강력한 삶의 의지나 주어진 상황에 대한 저항 내지 초극의식은 자신의 운명을 책임지려는 행동의 일환이며, 나아가 '조국'으로 대변되는 민족 공동체와 인류의 운명과 함께 하려는 연대의식의 발로라고 할 수 있다.

4. 유토피아 동경과 혁명 의지

1) 유토피아적 비전과 '황지荒地'의 극복

전후의 박봉우에게 있어 "꼭 하나 아름답게 트이는 길은"(「과목果木의 수난受難」) 대체로 시간적으로는 "봄", 그중에서도 "장미"와 "능금꽃"이 피어나는 사월과 오월의 달 속에 있다. 또한 공간적으로는 "모두 잃었던 거울을 다시 찾"는 "오월의 과원"(「음악을 죽인 사격수」)이거나 "꽃밭", "신라" 또는 "고구려"라는 역사적 공간 속에 있다.

무질서하게 부서진 벽돌담에도 끝끝내 피 어린 한 포기의 싱싱한 풀잎,

전차들이 무지하게 짓밟고 사라져버린 자국에도 가난한 꽃들은 웃고 희망에 젖는 것. 내가 겨눈 마지막 총을 버리고 먼 신라新羅를 생각하는 것은 꿈과도 같이 아득한 이야기인가.

(중략)

타버린 빈자리…… 무수한 빈자리에 돌아와 앉을 빛깔들의 모습을 더듬을 날 그들의 이야기는 어느 '꽃밭' 과 어느 '창' 들을 가지고 고요히 앉을 것인가 그날의 황무지荒蕪地에는 해도 미소微笑하고 우리의 가슴의 음악실音樂室에는 진정 하나로 된 환한 바다가 밀려오고 눈부신 해동기解凍期가 열리어 오지 않겠는가.

―「음악을 죽인 사격수」 일부

박봉우가 꿈꾸는 "아름답게 트이는" "길"을 통해 만나고자 하는 "한 포기의 싱싱한 풀잎"이나 "가난한 꽃" 또는 "꽃밭", "신라"와 "음악실" 등은 기실 "전차戰車"과 "총"으로 대변되는 "황무지荒蕪地"적 상황을 초극하고자 의지의 산물이다. 현재 소유한 것에 대한 불만이나 결핍에 대한 자각이 그러한 이상적인 세계에 대한 갈망이나 동경을 낳았다고 할수 있다. 글자 글대로 유토피아가 그 어디에도 없는 곳no-place이라는 의미를 지니고 있듯이, 박봉우가 전후의 폐허 속에서 그리는 유토피아는 그야말로 가공적이고 추상적인 시공간에 불과한 것이다. 하지만 그렇다고 문학적으로 이러한 유토피아 의식이 전혀 무의미한 것이 아니다. 비록 그것이 당대의 현실과는 배치되고 결코 관철될 수 없는 환상적이고 이상적 가치를 내포하고 있다고 해도, 때로 기존의 체제를 비판하거나 전복하는 힘으로 작용하기도 한다. 무엇보다도 유토피아 의식이 현실사회에 확고한 기반을 두고 발생하며, "해동기解凍期"로 표상되는 유토피아적 비전은 현실에 대한 분석과 비판과 맞물려 있다는 점에서 순전한 개인적 환상 또는 공상이라고 무시할 수 없는 요소가 숨어 있다.

전쟁戰爭은 너무 아름답게 슬프구나 별보담도 많은 인류人類의 수많은 목숨들을 비웃는 하나의 너불거리는 기폭旗幅을 보아라 아우성치는 소리를 어서 들어보아라 문명文明이란 얼마나 눈물나게 퇴폐頹廢한 어설픔인가 이 거치른 도시를 모두 다 휩쓸고 찬란한 종언終焉을 어서 어서 알려다오.

제대로 향기 넘치는 꽃밭이 또 하늘이 전쟁과 불안도 없는 한창 기쁨으로 흐르는 세계世界. 어떠한 가로놓인 벽이라도 오면 순수純粹한 포옹抱擁으로, 헤쳐주고 마는 너그러운 자비와 아무런 것도 바라지 않는 한 생명의 통일統一된 너른 광장의 외오침이여.

(중략)

누구도 가보지 못한 원시림原始林에 어떠한 길과 어떠한 이야기와 어떠한 꽃들이 무성히 피어 있다고 믿을 것인가 그것들은 언젠가는 꼭 알아야 할 수난자受難者의 무한無限한 미소여……

—「바다의 사상思想과 미소微笑」 일부

그가 바라는 "제대로 향기 넘치는 꽃밭"과 "전쟁과 불안"이 없는 "기쁨"의 "세계"는, "별보담도 많은 인류"의 희생과 따로 떼어놓고 생각할 수 없는 문제다. 또한 "한 생명의 통일된 너른 광장"에 대한 소망은 "눈물나게 퇴폐한" "문명"의 "어설픔"과 분리해서 생각할 수 없다. 단적으로 인간의 손길이 닿지 않은, 훼손되기 이전의 "원시림"에 "무성히 피어 있"는 "꽃들"마저 "수난자受難者"의 씁쓸한 "미소"에 지나지 않는다. 그가 말하는 "꽃밭" 등의 유토피아는 분명 그 어디에도 존재하지 않는 것이 분명하지만, 바로 그것이 다시 우리의 현실을 되돌아보게 하거나 우리의 현실로 다시 되돌아가게 만들고 있다.

그의 데뷔작이자 대표작 가운데 하나인 「휴전선」이 그 증거다.

산과 산이 마주 향하고 믿음이 없는 얼굴과 얼굴이 마주 향한 항시 어두움 속에서 꼭 한 번은 천동 같은 화산이 일어날 것을 알면서 요런 자세로 꽃이 되어야 쓰는가.

저어 서로 응시하는 쌀쌀한 풍경. 아름다운 풍토는 이미 고구려 같은 정신도 신라 같은 이야기도 없는가. 별들이 차지한 하늘은 끝끝내 하나인데…… 우리 무엇에 불안한 얼굴의 의미는 여기에 있었던가.

모든 유혈流血은 꿈같이 가고 지금은 나무 하나 안심하고 서 있지 못하는 광장. 아직도 정맥은 끊어진 채 휴식인가 야위어가는 이야기뿐인가.

—「휴전선」일부

주지하다시피 여기에 피어난 "꽃"은 결코 행복하고 안전한 상태에서 피어난 꽃이 아니다. 그야말로 "천동 같은 화산이 일어"나는 것을 잠시 유보한, 전쟁의 일시적 중단을 뜻하는 휴전 상태에서 피어난 "꽃"이다. 무엇보다도 분명 "모든 유혈流血은 꿈같이" 지나간 세월에도 불구하고 "나무 하나 안심하고 서 있지 못하는 광장"에 피어난 그 어떤 이상적인 것에 불과하다. 여전히 전쟁 또는 전쟁의 잠정적 유보 상태에서 꿈꾸는,

"고구려 같은 정신"과 "신라 같은 이야기"를 구비한, 통일된 이상사회 또는 이상국가를 꿈꾸는 것이 마냥 행복한 일이 아님을 내비치고 있다. 서로 간의 불신과 대결의식이 가시지 않은 상태에서 유토피아적 시공간으로서 "아름다운 풍토"를 꿈꾸는 것이 거의 불가능함을 "요런 자세로 꽃이 되어야 쓰는가" 아프게 반문하고 있는 것이다.

그러나 박봉우는 이 무렵까지만 해도 "별들이 차지한 하늘은 끝끝내 하나인데"와 같은, 간접적이고 비유적인 표현으로 그가 바라는 세상에 대한 염원을 투사했다. 바꿔 말하면, 비록 불안정한 휴전의 상태나마 조국의 평화와 통일에 동경과 갈망을 포기하지 않고 있었다고 할 수 있다. 하지만 후기에 갈수록 박봉우는 남북 간의 행복한 유토피아적 합일의 세상에 대한 갈망을 조급하고 생경하게 드러낸다. 1974년 《문학사상》에 발표한 시로 그의 제4시집 『황지의 풀잎』(1976)에 실려 있는 「백두산의 양심」이 대표적이다.

우리들은 모두들
휴전선에 있다
넓은 만주 벌판을 응시한다
자유도 빵도 귀중하지만
우리들이 모두 불러야 할
노래는 노래는 우선 무엇인가
영원히 한 핏줄이다
슬기로운 언어다 흰 옷이다
석탄과
쌀과
너무나 오래 절단되었다

소리질러라
소리질러라
독립, 독립, 통일, 통일

―「백두산의 양심」 일부

　초기부터 전쟁의 위험과 불안이 사라진 민족통일에 대한 강력한 염원을 투사한 바 있는 박봉우는 이 시기에 이르러 거의 시적 파탄에 이르렀다고 할 만큼 "우리들 모두"가 "휴전선에 있다"고 강변하고 나선다. 특히 인간의 중요한 양대 생존 조건이라 "자유"와 "빵"마저도 민족통일의 대의 앞에 별것이 아니라는 의식을 드러낸다. 오직 "영원히 한 핏줄"이라는, 민족 동일성을 최우선시하는 태도를 보여주고 있다. 하지만 엄밀히 말해 그의 통일지상주의는 솔직히 "슬기로운 언어" 또는 "흰 옷"으로 대변되는 원초적이고 우국지사적인 소박한 민족주의자의 의식을 크게 벗어나지 못한다. 초기 시에서 보여주었던 치열한 이상적 세계의 모색이 후퇴하면서 성급하고 다급하게 "독립"과 "통일"을 "소리 질러" 말하는 웅변가 또는 정치가의 모습을 연상케 한다. 달리 생각해보면, 그러나 이는 곧 그의 기대와 달리 남북이 "너무나 오래 절단되었다"는 나름의 판단에서 온 것이라고 이해해볼 만하다. 즉 거의 반세기가 다가오도록 분단 극복의 가능성이 보이지 않는 상황에서 지금 여기의 시공간이 역逆유토피아의 시공간으로 다가왔기 때문이라고 할 수 있다. 다시 말해 더 이상 지속적인 "휴전" 상태를 극복할 비전이 그 어디에도 존재하지 않는다는, 당대를 모든 전망이 차단된 암울하고 부정적인 디스토피아적인 세계로 받아들인 데서 왔던 결과였다고 할 수 있다.

2) 4·19의 좌절과 혁명의 염원

일반적으로 유토피아 또는 유토피아주의는 전쟁과 같은 불안과 위기, 환멸과 좌절의 시대일수록 더욱 절실하고 아름답게 출현한다고 할 수 있다. 보다 나은 미래와 삶에 대한 희망이 원천적으로 봉쇄되고, 그로 인해 생의 절망과 공포가 가중될 때 새로운 사회상과 가치관의 모색이 자연스럽게 이뤄진다고 할 수 있을 것이다. 하지만 일정한 대안과 지표가 없는 이상주의는 때로 또 다른 억압으로 작용할 수 있으며, 무엇보다도 현실 도피적이고 염세적인 결과로 이어질 수 있다. 또한 비판의식과 개혁사상, 그리고 새로운 질서의 창조와 연결되지 않은 유토피아주의는 자칫 현실 비판 내지 불만 토로 차원에 머물기 십상이다.

적극적이고 구체적으로 내세운 것은 아니지만, 박봉우가 막연하게나마 자주 혁명의 당위성과 필요성을 내비치고 있는 것은 바로 이것과 연결되어 있다. 즉 그가 초창기부터 "언제 한 번은 불고야 말 독사의 혀같이 징그러운 바람" 또는 "꼭 한 번은 천둥 같은 화산"(「휴전선」)으로 비유되는 혁명에 대한 요청 내지 필연성을 강조하고 있는 이면에는 현실 비판이나 부정만으로 풀리지 않은 것을 해결하려는 의지가 담겨 있다고 할 수 있다.

밤에 흐르는 수없이 많은 저 별들은 우리들의 가슴에 심어 볼 꽃밭이라면 어쩔까.

(중략)

무어라 하지 안 해도 절로 죽어가는 것들 앞에,

참으로 맑은 아침을, 우리만이 살 수 있는 옥토沃土를 얼마나 바랐던가
이런 날은 내란內亂이란. 전설같이 먼먼 흰 구름이 아니었을까.

　　언제고 간에 우리들이 늘 의논하는 혁명을 위하여선, 이젠 잡풀들이여
슬픈 이야기가 아닌가

―「화초들의 이야기」 일부

　　물론 박봉우가 여기서 말하는 "우리들이 늘 의논하는 혁명"은 글자 글대로 비합법적인 수단 방법을 통해 국체國體 또는 정체政體를 변혁시키려는 움직임을 뜻하는 것이 아닐 것이다. "밤"하늘에 빛나는 뭇별들을 "우리들의 가슴" 속에 "심어 볼 꽃밭"을 꿈꾸는, 다분히 감성적이고 정서적인 혁명의 성격이 강하다고 할 수 있다. "참으로 맑은 아침" 또는 "우리만이 살 수 있는 옥토沃土"로 대변되는 소박한 의미의 '더 좋은 사회' 혹은 '더 좋은 세계'에 대한 동경 또는 그것의 가능성에 대한 탐색을 응축하는 시어에 가깝다고 할 수 있다. 하지만 그렇다고 하더라도, 그가 말하는 "혁명" 또는 "내란內亂", "옥토"나 "꽃밭" 등이 단순히 감성적이고 정서적인 혁명 이상의 의미를 지니지 않는다고 말하기 어렵다. 달리 말해서, 그러한 시어들 속에는 어떤 식으로든 실현가능한 정치체제의 변혁이 연결되어 있었다는 것을 부인하기 힘들다. 4 · 19 혁명의 감격과 그 좌절을 노래하고 있는 일련의 시들이 이를 대표한다.

　　모든 안개여
　　조선의 사월과 함께
　　어서 가라.

사월은

우리들의

기막힌 사월은,

'T.S.엘리엇'의

세계의 고향도

어서 침몰하게 하라.

―「소묘·4」일부

사월의 피바람도 지나간

수난受難의 도심都心은

아무렇지도 않은

표정을 짓고 있구나

진달래도 피면 무엇하리

갈라진 가슴팍엔

살고 싶은 무기도 빼앗겨버렸구나.

(중략)

어린 사월의 피바람에

모두들 위대한

훈장을 달고

혁명을 모독하는구나.

―「진달래도 피면 무엇하리」일부

먼저 박봉우는 「소묘·4」에서 보여주고 있는대로, T.S. 엘리엇이 그의 장시 『황무지』에서 "사월은 잔인한 달"이라고 규정하면서 생의 불모성과 불구성을 노래하고 있는 것에 반기를 든다. 그가 볼 때 "조선의 사월"로 표상된 1960년 4·19 혁명은 "안개"로 대변되는, 모든 부정적이고 절망적인 현실을 혁명적으로 전환시키는 역사적 사건을 의미한다. 그래서 아주 당당하게 "'T. S. 엘리엇'의/ 세계의 고향도/ 어서 침몰하게 하라"고 목청을 돋우고 있다. 그에게 있어 4·19 혁명은 전후의 모든 부정과 불의를 한꺼번에 청산하는 계기로 비췄던 것이다. 하지만 4·19 혁명의 "피바람"이 채 가시기도 전에 발생한 5·16 군사 쿠데타로 4·19 혁명의 이상과 꿈이 그만 좌절의 길을 걷게 된 것이 사실이다. 그에 따라 박봉우는 4·19 혁명을 상징하는 "진달래"가 "피면 무엇하리"라고 탄식하고 있다. 뿐만 아니라 "살고 싶은 무기도 빼앗겨버렸구나"고 낙담하면서 그 와중에도 "훈장을 달고/ 혁명을 모독하는" 무리들을 맹렬히 질타하고 있다. 4·19의 주력 계층인 "어린" 학생들의 희생을 발판으로 일신의 영달을 꾀하는 혁명 주체 세력 내지 기득권 세력에 대한 강한 항의와 비판의 눈길을 보내고 있는 것이다.

그 결과로 그는 "모든 거짓스러운 남의 것들"을 "버리고" "또 한번" 자신의 "젊음을 불태"울 "날은 언제인가"(「또 한번 올 날은」) 묻고 있다. 그토록 기대했던 4·19 혁명이 그 순수성을 잃어가자 "이제 밀주密酒 같은 것이라도 마시고/ 화산같이 터져야 할/ 그 날"(「밀주密酒─김중배 형께」)로 대변되는 또 다른 4·19 혁명에 대한 염원을 드러내고 있는 것이다. 그러나 여기서 간과해서는 안 될 것은, 4·19 혁명이 좌절된 이후 그의 목소리가 더욱 구체적이고 직접적으로 되어간다는 점이다. 이전의 간접이고 추상적인 표현이 점차 사라지는 대신 "우리 둘레에서/ 위선을 키우는/ 모든 악법"(「악법은 외면한다」)에 대해 거부감을 표시하거나

"지도자는 민중의/ 오랜 벗이어야 한다"(「보시오 독도」)고 직접적으로 권고하는 형태를 띠기도 한다. 무엇보다도 그가 바라는 이상적인 사회상을 직접적으로 드러내고 있다는 점이 주목할 만하다.

서로들 피 흘리는, 피 흘리는
역사의 통곡 속에서도
여기만은 전쟁이 없다.

(중략)

'인도', '공정', '중립'
'독립', '봉사', '단일', '보편'
일곱 빛 무지개 공원이
어머니의 사랑을 어루만진다

(중략)

모두들 그 날이, 그 날이 오면……

―「적십자」 일부

박봉우는 이제 4·19 혁명의 좌절을 깊이 인식하고 있으면서도, "적십자"로 대표되는 특정한 사회와 국가에 대한 구체상具體相을 제시하고 있다. 대체로 "인도"와 "공정", "중립"과 "독립" 등을 이상적 기치로 내세운 "적십자"의 이상과 작가 자신이 꿈꾸는 이상적 세계는 크게 다르지 않다. 무엇보다도 이 "적십자"와 같은 유토피아적 세계에는 "서로 피 흘리는/ 역사의 통곡 속에서도" "전쟁이 없다"는 사실인데, 하지만 그러한 지상낙원은 또 다른 혁명으로 대변되는 "그 날이 오"기까지 그야 말로 "고장난 목소리"(「광화문에서」)에 불과하다. 다시 말해서, 그에게 "언젠가는" "묵중한 혁명"이 다시 "터지"지 않는 한 인간의 가능성에 대한 무한한 신뢰를 통한 이상사회의 건설 목표와 방향은 그야말로 "귀여운 잠꼬대"(「황지荒地의 풀잎」)에 지나지 않은 셈이다.

5. 광기의 시론과 신적 구원

1) 통일의 표상으로서 '북녘'과 양광성兩狂性

박봉우의 제3시집 『사월의 화요일』(1962)에 실린 발문 성격의 제3부 '시와 우정과 영혼의 대화' 속의 한 산문에 의하면, 그가 처음 정신적 이상증세를 보인 것은 1960년 6월경으로 추측된다. 평소보다 초점을 잃은 공허한 눈동자에 필요 이상으로 말이 많아지는 증세를 보여 지인들이 서둘러 C대학 부속병원에 입원시켰다는 기록이 나온다. 또한 그런 한 달 뒤인 칠월경, 외부에 그가 정신병 환자로 알려지면서 김현승 시인을 비롯한 많은 선후배 문우들이 병문안을 다녀갔으며, 그 기간 동안 후일 '정신병원에 피는 창백한 시집'이란 이름하에 그의 제3시집 1부를 차지하고 있는 '소묘'라는 연작시를 써나가기 시작했다고 전해진다.*

하지만 그 후로도 그는 몇 차례 더 정신병원의 신세를 졌다고 알려지고 있다. 특히 그로 인해 그가 제1시집과 제2시집에서 보여준 건강하고 안정된 정서와 정신의 균형이 무너졌다는 평가를 받기도 한다.** 그러니

---

* 박형구, 「입원 전후의 시인 박봉우 형」(『사월의 화요일』), 성문각, 1962, 181~182쪽 참조.
** 정창범, 해설 「박봉우의 시세계」(시선집 『나비와 철조망』), 미래사, 1994(2쇄), 143~148쪽 참조.

까 정신병 발작 전후를 두고 그의 작품세계는 정상인이 쓴 것이 아닌 것으로서, 문학적 평가의 대상에서 제외되어야 한다는 것이다. 물론 그런 평가와 진단이 전혀 일리가 없는 것은 아니다. 우선 그가 처음 정신병원에 갇혀 쓴 연작시 가운데 하나인 「소묘·2」 전문을 보자.

나의 신앙은,
나의 종교는,
당신을 어머니라고
서슴지 않고 부를
참다운 나이가 되고,
부끄럽다고요
귀밑이 간지럽다고요.

아니오.
그것이 아직 당신이
참다운 나이가 들지 않은 까닭에
어머니를 두려워한 것뿐.

어머니, 어머니
나의 나이와 같이 나이 든
단 하나의 어머니,
노을 속의 어머니.
나의 신앙,
나의 종교는.

—「소묘·2」 전문

대체로 정신병자의 특징 중의 하나가 자기 내면 속에서 어떤 목소리를 듣는 것이라고 알려져 있다. 하지만 정신병자의 경우 언어의 구조가 자리 잡지 못하기 때문에 가장 중요한 부분에서 그 목소리는 끊겨버린 문장이나 어구들로 구성된다고 한다. 즉 정신병자들에게 단속적斷續的으로 들리는 목소리들은 말의 사슬을 끊으며, 그것을 외따로 떨어진 단위들이나 사물들로 해체시켜버린다. 다시 말해, 그들은 의미를 만드는 데 장애가 있으며, 특히 단어를 사물과 동일시한다는 데 그 문제가 있다고 할 수 있다.* 굳이 정신병동에서 쓴 시라는 것을 감안하지 않더라도, 앞의 시는 그러한 정신병적 요소를 내포하고 있는 것처럼 보인다. 예컨대 통상적으로 1연 1행의 "나의 신앙" 또는 "나의 종교"라는 주어 다음에는 그에 걸맞는 서술이 뒤따라야 하며, 특히 은유적인 대체가 나와야 정상이라고 할 수 있다. 하지만 그 자리에 "당신을 어머니라고/서슴치 않고 부를/ 참다운 나이가 되고"라는, 전혀 문장구조로도 은유적 대체 차원에서 걸맞지 않는 모호한 표현이 삽입되어 있다. 곧 이 시가 제대로 되려면 "나의 신앙" 또는 "나의 종교"는 어떠어떠한 "어머니"라는 식의, 서로 다른 개념이나 의미의 층위에서 유사성 또는 차별성을 보여줘야 정상적이라고 할 수 있다.

2연 역시 그와 동일선상에 서 있다. 통상 2연을 수사법상 자문자답법 또는 반문反問의 일종으로 본다면, 그 전제가 되는 질문에 이은 대답을 제시하는 형식을 취해야 할 것이다. 하지만 보다시피 1연 자체가 어떤 질문을 제기하고 있는 것이 아니다. 그야말로 자신의 내면에 들려오는 어떤 목소리를 불쑥 그대로 적어낸 느낌이 들 뿐이다. 차라리 2연은 3연과 관계 속에서 살펴봐야 한다고 할 수 있는데, 굳이 이해해보자면 "아직

* 브루스 핑크 지음/맹정현 옮김, 『라캉과 정신의학』, 민음사, 2002(2쇄), 166~168쪽 참조.

당신이/ 참다운 나이가 들지 않는 까닭에/ 어머니를 두려워"하고 "부끄"
러워하며 "귀밑이 간지럽다"는 것을 가리킨다.

　그렇게나마 억지로 이해해본다고 하더라도, 이 시에 자주 반복되는
'나이'는 무얼 뜻하며 또 '참다운 나이'가 가리키는 바는 무엇인가? 나
아가, "나의 나이와 같이 나이 든/ 단 하나의 어머니"는 "나의 신앙" 또
는 "나의 종교"와 어떠한 계열적 관계paradigmatic relation에 있는가? 여
기서 정신분석학자처럼 그의 시적 언어가 지닌 이러한 측면을 체계적으
로 분석할 능력은 없지만, 한 가지 분명한 것은 여기에서 그가 애착을
보이는 "나이"라는 단어가 여러 문맥 속에서 마치 사물처럼 나타나고 있
음을 주목해봐야 한다. 즉 이 시에서 "나이"는 그만의 신조新造 시어로서
자신이 표현할 수 없었던 의미를 표현하고 있되, 그 무엇으로도 설명되
거나 정의될 수 없다는 것만은 분명하다고 할 수 있다.*

　그러나 위 시는 '소묘'라는 제목의 43편의 연작시 가운데 극히 예외
적인 경우에 속한다. 물론 발병 이전의 제1시집『휴전선』이나『겨울에도
피는 꽃나무』보다 시적 긴장미나 시적 연관성 등이 떨어진 것만은 사실
이지만, 그는 이 연작시들을 통해 특히 "사월"로 대변되는 4·19 혁명의
환희歡喜와 좌절을 지켜보는 시인 또는 지식인으로서의 고뇌와 분노의
감정을 일관되게 보여주고 있다. 특히 그의 대표작 가운데 하나인「휴전
선」에서 보여준 남북 현실에 대한 뜨거운 관심과 비민주적이고 부조리한
사회에 향한 분노와 저항의 목소리를 잃지 않고 있다. 따라서 그의 제3
시집을 전후로 그 이후에 쓰여진 시들은 "예술적 평가에 앞서 심층심리
학적인 분석을 가해볼 만한 귀중한 자료로서의 가치가 있다"**는 일부의
극단적인 평가는 명백히 잘못된 것이라고 할 수 있다.

* 브루스 핑크, 앞의 책, 168~169쪽 참조.
** 정창범, 앞의 글, 146쪽.

연작시 「소묘·10」에서 "병이라면/ 잠이 오지 않는 것이/ 병인가"라고 되묻고 있는 그 증거다. 그는 자신이 정신병동에 갇혀 있다는 것뿐만 아니라 자신의 병마저 명백히 인식하고 있는 태도를 보여주고 있다. 특히 일반적인 정신병자들과는 달리, 그는 시적 은유의 생산 능력을 갖추고 있다. 예컨대 "사월의 피"(「소묘·1」)는 4·19 혁명의 희생자를, 또 "조선의 창호지"(「소묘·13」)는 한국 고유의 전통을 의미하는 명사형 은유라고 할 수 있다. 특히 그는 "병원의 아침은/ 건강한 신문이/ 기다려진다"고 말하고 있다. 달리 말해서, 그가 자신의 병을 분명 자각하고 있되, "알면서"도 "몸부림하면서/ 광상狂想의 노래를 불러야 할" 어떤 소명감을 가졌던 "시인"(「소묘·26」)이었다고 볼 수도 있다는 점이다. 그렇다고 물리적인 정신병력의 사실 자체를 무화시킬 수는 없는 노릇이지만, 그의 정신병은 일종의 시인적 광기의 산물 내지 그 연장선상에 놓여 있다고 볼 수도 있다는 것이다.

멍들은 채 울어라

다갈색 낙엽을 모아
내 젊음을 불태우고 싶다

어느 땅에쯤
어긋난 내 정신을 머물게 할 것인가
상처만 난 내 가슴과
상처만 난 내 정신을

북녘 바람을

북녘 바람을 더 맡으면
말없이 끌려가야만 하겠다

모든 거짓스러운 남의 것들 버리고
불러보면
피를 토할 듯 불러보면
있을 것을……
영영 떠나버리는
브라질이나 서독으로 가는 나그네들

조용한 사화산死火山에
다갈색 낙엽이 자꾸 쌓이면

또 한번 올 날은 언제인가.

―「또 한번 올 날은」 전문

이 시는 그의 제4시집 『황지荒地의 풀잎』(1976)에 실려 있는 시로, 1963년 시동인지 《신춘시》에 실렸던 작품이다. 그러니까 이 시는 그가 최초의 정신병 발병이 있는 직후에 발표된 작품이라고 할 수 있다. 특히 "어긋난 내 정신"이라는 구절이 보여주듯이 일견 그의 정신이 온전치 않을 때 썼던 시라고 할 수 있다. 하지만 이 구절은 단지 문맥상 자신의 사적인 병증을 말하고 있지는 않다. 곧이어 "상처만 난 내 가슴" "정신"이라는 표현이 보여주고 있듯이, 분명 그런 요소들이 반영되어 있지만, 그는 그런 육체적으나 정신적으로 "멍들은" 상태 그대로 불태우고 싶다는 의지를 보여주고 있다. 그리고 극복 방안으로 "북녘 바람을 더 맡으면/

말없이 끌려가야만 하겠다"면서 분단극복 또는 통일 의지를 매우 간접적인 방식으로 드러내고 있다.

특히 이것은 "모든 거짓스러운 남의 것들"로 상징되는 외세外勢에 대한 자각에서 더욱 선명히 드러난다. 즉 "브라질이나 서독으로" 이민하는 사람들에게 척박하고 가난한 한국 사회에나 "피를 토할 듯 불러보면" 어떤 희망이나 가능성이 있을 것이라고 넌지시 말하고 있다. 그러면서 4·19혁명 이후 당대의 한국사회가 "조용한 사화산死火山"처럼 침묵과 굴종 속에 있지만, 독재와 부패의 정권을 무너뜨린 4·19 혁명과 같은 감동과 환희의 날들이 "또 한번 올 날은 언제인가" 반문하고 있다. 그야말로 자신의 병고病苦에도 불구하고, 아니 자신의 병을 대사회적인 차원으로 승화시키고 있다.

따라서 그의 정신병은 푸코적 의미에서 육체적 공간 속의 질병이라기보다는 일종의 사회조직 차원의 질병이라고 봐야 할 것이다. 말하자면, 그의 광기 또는 정신병을 단지 의학적인 차원에서만 바라볼 수는 없다. 다분히 '통일' 또는 '혁명'과 같은 당대로서는 금기의 도전과 연결되어 있다. 일견 그의 비이성적이고 선구적인 광기 어린 외침이나 절규가 당대 사회에서 수용될 수 없을 만큼 위험스럽고 심각한 수준이어서 강제로 추방되어가 격리되었다고 보는 편이 옳다. 일종의 양광성佯狂性이라고 할까, 거짓 미친 체함으로써 그가 살았던 시대의 가혹한 탄압과 구속, 고문과 체포의 위험을 피해갈 수 있음과 동시에, 반대로 자신이 하고 싶은 말을 별다른 여과장치 없이 토로하기 위한 시적 포즈의 일종이라고 해도 지나치지 않을 것이다.

2) '신화' 창조로서의 '아름다운 나의 작업'

여러 가지 의미로 사용되고 있는 '신화'라는 용어는 때로 믿을 수 없는 가공의 옛이야기를 가리킨다. 또한 과거나 초자연적인 존재에 얽힌 확인할 수 없는, 불확실한 관념이나 신념이 투사된 이야기를 뜻하기도 한다. 반면에 신화라는 용어는 때때로 현실보다 아름답게 상상된 가공의 세계를 일컫는 용어로 사용된다. 전자의 부정적인 의미와는 달리, 어떤 불가해하고 표현 불가능한 이상적인 세계를 지칭하는 긍정적인 의미로 사용되는 것이다.

박봉우가 그의 시 속에서 자주 등장시키는 '신화'는 다분히 후자의 경우와 관련이 있다.

> 신화보다
> 아름다운 나의 작업을
> 남들은 정신병이라 한다.
>
> 분명 신화보다도
> 아름답고
> 찬란한 이야기인데
>
> 무지개꿈이나 꾸어야지
> 그려, 미친 채로
> 무지개꿈이나 바보처럼
> 꾸어야지.
>
> ─「신화」일부

박봉우가 볼 때 "아름다운 나의 작업"으로 표현된 그의 시 작업은 "분명 신화보다도/ 아름답고/ 찬란한 이야기"이다. 하지만, "남들은" 그의 시 세계를 "정신병"의 결과로 치부해버리곤 한다. 물론 그 자신을 "뼈아픈 분단의 현실과 민족의 갈등을 온몸의 사랑으로 놓치지 않고 노래한 민족시인"*의 한 명이라고 인정하는 사람들도 더러 있는 것은 사실이지만, 그의 시 작업을 정신병적 소산으로 치부하는 것을 느낀다. 그래서 1연에 이어 2연에서 다시 한 번 그의 시작 행위를 분명 신화보다도 아름답고 찬란한 이야기라고 강조해보지만, 그럴수록 그의 말은 공허하고 외롭게 다가온다.

그가 거짓 "미친" 체하며 "무지개꿈이나 바보처럼/꾸어야지"라고 지레 포기하는 모습을 보여주는 이유는 거기에 있다. 이제 더 이상 자신의 시 작업이 이른바 "신화보다 아름다운" "작업"이라고 강변하기에도 지친 그는, 허황되고 타당성 없는 "무지개꿈이나" 꾸겠다는 자기방기적 태도를 보여준다. 하지만 그 지극히 소극적인 자기방어의 시적 어조 속에는, 자신의 시 작업의 진정한 의미를 알아주지 않는 당대 또는 당대인에 대한 원망의 감정이 은밀히 섞여 있다. 비록 온갖 몰이해와 오해 속에 있지만, 그 어조 속에는 남북분단으로 인한 민족의 고통과 그것을 극복하기 위한 자신의 시 작업이 "신화"로 대변되는 그 어떤 가치보다 소중하다는 생각이 담겨 있다.

가혹한 생활고와 점점 정신질환이 심해지면서 전주로 낙향한 1975년 직후에 썼던 것으로 보이는 그의 시 「서울 하야식下野式」은 그 무렵의 심경을 잘 대변하고 있다. 여기서 그는 전화戰禍로 인해 동토凍土에 비유되는 우리 사회의 "긴 겨울 이야기는/ 끝나지 않았다"고 말하고 있다. 그러면서 그동안의 서울 생활이 "오직 자유만을 그리워했"던 시절이라고 회고하고 있다. 또한 "꽃을 꺾으며/ 꽃송이를 꺾으며 덤벼드는/ 난군亂軍

* 조태일, 『황지의 풀잎』 편집후기, 창작과 비평사, 1976, 152쪽.

앞에/ 이빨을 악물며 견디었다"고 진술하고 있다. 즉 그의 서울 생활은 다름 아닌 통일의지로 표상되는 전후戰後의 폐허의 극복과 독재치하에서의 진정한 자유의 확보 또는 그에 대한 저항의 일종이었다. 다시 말해서, 그야말로 시인으로서 그의 삶은 "오랜 역사의 악몽 속에서/ 어서 깨어나"기(「서울 하야식」)를 기원하는 그 이상도 이하도 아니었다고 할 수 있다.

어쩌자는 건가
괴로운 시대에
시인은 무엇을 하는 것인가
어둠이 깔리는
대지에 서서
별들에게
고향을 심는 것인가
어쩌자는 건가
어둠이 쌓이는
무덤가에 서서
시인은 무엇을 노래할 것인가
구름이 흘러가는 심중心中에
그래도 저항할 것인가
자유지대에서
괴로우며
시인의 혁명은
싹트는 건가
창이 없는 하늘에

남겨둔 꽃씨를 뿌리는 건가.

―「창이 없는 집」 전문

　시의 제목 그대로 그가 살고 있는 조국이나 사회는 "창이 없는 집"이
거나 "창이 없는 하늘"의 공간이며, 그렇기에 '괴로운 시대'이다. 밝음보
다는 "어둠"이 지배하는 "대지" 또는 "무덤"에 비유되는, 어떤 막다른 선
택만이 남겨진 상황에 처해 있다고 할 수 있다. 하지만 그는 절망하지 않
고 "시인"의 사명과 임무를 되물으며, 현실에의 타협이나 순응보다는
"그래도 저항"을 선택한다. 괴로울 수밖에 없는 "자유지대"에서 희망이
라곤 보이지 않는 "창이 없는 하늘에/ 남겨둔 꽃씨를 뿌리는" 것과 같은
행위가 시인의 사명 또는 임무를 넘어 "시인의 혁명"이라고 보고 있기
때문이다.

　하지만 조국 내지 문단의 현실은 그렇지 못했다고 할 수 있다. 그래
서 그는 「니가 나의 동족인가」라는 시를 통해, '정치가'와 '교수' 등으로
대변되는 그 시대의 정치가 또는 지식인 그룹을 "똥개 같은 놈들"이라고
원색적으로 비판하고 있다. 특히 현실과 동떨어진 '시인'들의 '시론'을
"개 씹할 놈의 소리들"이라고 원색적이고 직설적으로 비판하고 있는데, 그
러한 비판의 근거는 그것들이 "두 동강"나 있는 "나의 조국"의 현실을
외면하고 있다는 데 있다. 그에게 당대 현실과 괴리되고 남북문제를 외
면한 시 내지 문학은 모두 공리공론에 불과했던 것이다.

　그럼에도 그는 "광상狂想의 노래"가 불려지는 "시인의 공화국"(「소
묘·26」)을 꿈꾸었다. 그야말로 그의 시 제목 그대로 '시인을 아끼는 나
라'가 그가 꿈꾸는 세상이었다.

　시를 모르고 어떻게

463

정치를 하십니까

양심이 있다면 물러나시오

시인을 천대하는 나라

무엇입니까

시가 있고 그림이 있고

음악을 아는 나라들의

정치는 아름답습니다

그만 이야기합시다

─「시인을 아끼는 나라」 전문

　　박봉우는 생전에 한 친구에게 "만일 내게 정치인이 된다면 나의 정담
실政談室에는 남루한 차림으로 배가 고픈 채 무구無垢와 진실을 찾는 가
난한 문인들만 가득 맞이하겠다"는 포부를 밝힌 적이 있다. 그러면서 그
가 정치인을 꿈꾼 것은 순전히 자신의 처지와 같은 가난한 시인 또는 문
인들과 어울리거나 그들에게 도움을 주기 위해서였다고 한다. 어찌 보
면, 일종의 과대망상증의 결과라고 할 수 있다. 하지만 당대의 정치인들
은 그가 볼 때 어떤 식으로든 시를 모르고 정치를 하는, 비 양심을 대표
하는 인간들이다. 반면에 시인은 "시"와 "그림", 그리고 "음악을 아는"
사람들로서 그들이야말로 참된 정치인이 될 수 있으며, 그러한 시인들이
다스리는 "나라들의 정치는 아름"답다는 것이다.

　　그만큼 그에 있어 자신의 시 또는 문학은 거의 신앙과 같은 것이었다
고 할 수 있다. 후일 그가 정신병자로 취급받고, 실제로도 정신병동에 갇
혀 치료받기도 했던 주된 이유의 하나가 바로 이처럼 시인으로서 사명

---

* 이환의, 「그가 정치인이 된다면……」, 『사월의 화요일』, 166쪽.

또는 임무를 과도하게 책임지려 했던 데에 있었던 것이다. 그가 유달리 "시인"이라는 시어를 그의 시 속에 많이 등장시키는 이유도 바로 여기에 있는 것이다. 하지만 정신병원에 갇혀 있으면서도 "경무대(지금은 청와대)는 시인들이 모여서 의논하는 시인들의 공원이다"라고 며칠간 외치기도 했던 그 대가는 가혹했다. 그것 때문에 일종의 정신착란 또는 실성失性의 한때를 보내면서, 숙명처럼 따라다니는 가난과 병고를 감당해야 했다고 할 수 있다. 무엇보다도 고전주의 시대에 유럽 문명이 갑자기 광인들을 수용시설에 가둠으로써 광기를 사회에서 배제한 것처럼, 그 역시 이때 정상과 비정상을 가르는 분할의 기준인 이성을 지지하는 세력에게 점차 광인 또는 광기의 시인으로 취급되면서, 점차 그의 시적 메시지나 주장은 배제되고 묵살당해갔다고 할 수 있을 것이다.

3) 전쟁의 참화와 신적 구원

박봉우 시인은 그의 시와 산문을 통해 독일의 시인 릴케에 대한 호감을 여러 차례 표명한 바 있다. 박봉우 시인의 시세계에 끼친 릴케의 영향에 대한 자세한 글은 필자의 「신적 구원의 요청과 시인의 사명」(『시인』제5권, 2006, 시인사)를 참고하기 바란다. 예컨대 제1시집 『휴전선』에 실린 시 「가을의 소녀상」 또는 「광장의 소녀상」에는 "사랑에도 외로움은 따른다"든가 "나의 울음은 시란 과실로. 그리고 당신은"이라는 릴케의 시 구절을 적어놓을 만큼 릴케를 사숙한 흔적이 여기저기 눈에 띈다. 또

---

* 박봉우는 그의 제3시집 『사월의 화요일』 후기 격인 '나를 위한 노우트'란 글에서 자신이 정신병동에 처음 입원한 후 '나를 감옥에 넣은 것은 죄인규가 아니다", "아이크(아이젠하워)가 나를 만나러 온다", "통일이 되었다" 'T. S. 엘리엇이 나를 만나러 시인詩人들만이 사는 공화국共和國에 온다", "노벨상은 내가 탄다" 등의 과대망상 증세를 보였다고 솔직히 고백하고 있다. 박봉우, 『사월의 화요일』, 184쪽 참조. 이밖에도 1960년대 중반 '나 박봉우가 김일성을 만나러 평양으로 가려 하는데……. 나 박봉우가 평양 간단 말이야'라는 식의 정신이상증세를 보이며, 당대의 금기에 도전하고 있었다는 등의 일화가 여기저기 보인다. 남재희, 「시인 박봉우와의 쓸쓸한 마지막」, 인터넷 신문 『프레시안』, 2002.12.24일 기사 참조.

한 "장미 가시에 찔려 죽었다는 아름다운 R. M. 릴케는 긴 밤을 잠자지 않고 길고 긴 사연을 썼다"고 말하면서 "우리 세대" 역시 그처럼 잠자지 않고 책갈피와 원고지마다 코피로 얼룩지게 하거나 코피를 흘려야 한다고 강조하고 있다.

그러한 박봉우 시인이 릴케에 주목한 이유는 다름 아니다. 릴케는 당대의 독일 시인들과 달리 오히려 전쟁의 고통과 참상을 노래하는 용기를 보여준 바 있다.[*] 즉 자신의 후견인 노릇을 했던 한 프랑스 여성에게 보낸 편지를 통해 "전 유럽이 받은 이 어마어마한 상처를 회복시켜줄 충분한 구제책을 어떤 신이 마련할 수가 있겠습니까?"라고 질문했던 릴케처럼 전후의 상처와 아픔을 달래줄 정신적 지주의 하나로 신의 문제를 제기하는 과정에서 자연스레 릴케와 만났다고 할 수 있다.[**] 다시 말해, 그는 "난해한 황무지"로 대변되는 전후의 폐허 속에서 "시인"이 가져야 할 자세로 "저항적 방향으로 문명"에 "도전"하거나 "신에 대한 구원"의 모색을 들고 있다. 또한 동시에 "시인"들이 "전쟁의 공포와 고도로 발달하는 기계문명"이 "어떻게 발현되어야 하는가"에 대한 비판과 성찰을 동반한 "지성의 눈"[***]을 가질 것을 요구하고 있다. 전쟁의 참화와 전후의 폐허를 자신들의 문학적 입지점으로 삼을 수밖에 없었던 박봉우는 당대의 사회적 위기와 문명적 혼돈을 딛고 새로운 세계를 건설하기 위해선 지성인의 저항적 현실 참여가 필연적이며, 총체적 세계 상실로 인한 극단적인 불안과 상실감을 극복하기 위한 새로운 초월적 존재 내지 신의 출현

---

[*] 릴케는 전쟁이 발발했던 해인 1914년 8월에 쓴 「다섯 편의 노래」라는 시를 통해 "마침내 신이 나섰구나, 우리가 평화의 신을 /감동시킨 바 없었으니 홀연 살육의 신이 우릴/사로잡고 병화兵火를 퍼붓는 것이리라"고 말하고 있거나 "이제 고통이 그대들을 핍박하고/새롭고 놀란 살육이 그의 분노에 앞서서/그대들을 핍박하리라"고 노래하면서 간접적이나마 반전反戰 의지를 선보이고 있다. H. E. 홀트후젠/강두식 역『릴케』, 홍성사, 1979, 167~169쪽 참조.

[**] 앞의 책, 170~171쪽 참조.

[***] 박봉우, 「신세대의 자세와 황무지荒蕪地의 정신」(『한국전후문제시집』, 신구문화사, 1961), 367쪽.

이 절실하다고 보고 있다. 다수의 한국인들이 전쟁으로 인한 국가 공동체의 붕괴와 그로 인한 가족체계의 공동화에 따른 보호막과 정신적 지주의 상실에 직면하여, 박봉우는 지식인들의 현실 참여와 더불어 신의 구원이 절대적이라는 인식에 도달했다고 할 수 있다.

이러한 풍랑치는 자리에 신의 눈은 없는가. 우리를 돌봐줄 신의 손은 없는가 황량한 저 들판이 신의 눈이다. 질서없이 몰아쳐오는 성난 파도 같은 저 바람이 신의 손이다. 끝없는 사랑을 위하여 죽어가는 날개 위에 무덤인들 병은 아닌가

(중략)

꽃밭은 없는가 차라리 병실이라도 없는가 핏덩어리로 산화된 전우의 날개를 묻어줄 한주먹 고향흙과 그런 양지의 산맥도 없는가 어쩔 수도 없는 날개를 시체 그대로 버리고 날아가야만 하는 또 하나 젊은 날개의 슬픔을 너는 모른다. 죽은 혼이여 네가 부를 신의 이름이 여기 날고 있다. 멀어진 꽃밭을 찾아 억세게 날으고 있는 헐어진 고층탑에 마지막까지 남은 산만한 깃발. 아름다운 반항에 눈떠보는 것은 나의 것인가.

—「사수파」일부

여기서 박봉우는 먼저 "풍랑치는 자리"로 대변되는 전후의 한계상황 속에서 보호받지 못한 채 방치되어 있는 전사자戰士者를 통해 그 어디에도 안식처가 없는 비극적 현실을 제시하고 있다. 또한 "핏덩어리로 산화된 전우의 날개를 묻어줄 한 주먹 고향흙과" "양지의 산맥"조차 없는 참혹한 현실에 대한 각성과 더불어 아무런 희망도 없이 살아가는 현실에

대한 각성을 촉구하고 있다. 그러면서 전쟁이 남긴 비극적 현장을 증언해줄 "신의 눈"과 그 참상에서 구해줄 "신의 손"을 애타게 찾는 모습을 보여주고 있다. 그리고 바로 이 점, 부재하거나 잃어버린 신의 존재에 대한 비탄 또는 절대자의 도래에 대한 박봉우의 간절한 호소는 다분히 릴케가 그의 소설 『말테의 수기』 또는 「저 멀리 사람들이 걸어가는 모습이 보인다」 등의 시에서 보여준 신의 상실 또는 신의 부재에 대한 애도와 비탄을 연상시킨다.*

하지만 박봉우 시에 나타난 "신의 눈"의 경우 단순히 외적 시각 또는 눈의 감각을 강조한 것이 아니라 내면성의 확대와 관련되어 있는 릴케의 시적 의미와는 일정한 차이가 있다. 즉 박봉우가 말하는 "신의 눈"이 다분히 전쟁의 슬픔과 아픔을 기억하고 위로하는 성격의 것이라면, 릴케의 시 「고대 아폴로 토르소」 등에 나타난 "신의 눈"은 빛과 밝음으로 무장한, 시공을 초월한 "미래자의 가능성"을 지닌 아폴로로 대변되는 이성의 신을 말한다. 릴케의 경우 광명과 지혜를 상징하는 태양의 신 아폴로를 통해 공상과 꿈으로 시를 쓰던 단계를 벗어나 현실을 통찰하고 그 속의 진실을 파헤치면서 모든 예술의 본질적 전제인 삶을 변경하고 세계를 변화시키고자 했던 것이다.**

"신의 손"의 경우도 이와 유사하다. 릴케적인 의미에서 '신의 손'은 정신적이고 물질적인 공황을 앓고 있는 전후의 폐허를 구원해줄 절대자의 손을 가리키지 않는다. 릴케에 있어 '신의 손'은 신의 시종 역할을 하는 시인의 "피곤한 손"과 더불어 모든 것을 만들어내는 창조의 근원으로의 손을 지칭하는 이중적 의미가 담겨 있다. 즉 릴케의 시에서 자주 반복되는 '손'이라는 표상은 예술적 영감의 맥락에서 바라봐야 하는 것으로

---

* 김재혁 지음, 『릴케의 작가정신과 예술적 변용』, 한국문화사, 1998, 133~135쪽 참조.
** 조두환, 『라이너 마리아 릴케』, 건국대학교 출판부, 2001, 126~128쪽 참조.

써 신이 바이올린을 켜는 손이라면 시인은 그 소리를 받아 적는, 곧 예술 작품을 만들어내는 도구로서의 손을 의미한다.* 달리 말해, 박봉우의 시에서 "신의 손"이 현실적 아픔이나 슬픔을 직접적으로 구원하고 위무慰撫해줄 그 어떤 절대자의 은총 또는 기적을 나타낸다면, 릴케가 말하는 '손'은 과거의 종교적 의미를 떠나 원초적인 힘의 근원인 신과 예술가의 합일을 의미한다.**

그런 만큼 박봉우 시 속에 나타나는 신과 릴케가 말하는 신 사이에는 엄연한 차이가 있다. 릴케적인 의미의 신이 주로 예술가의 존재 양식에 관련된 내면 지향적인 것이라면, 박봉우가 전후의 폐허 속에서 요청한 신은 다분히 민족적 불행과 비극을 극복해줄 외부 지향적이며 현실 구원적인 절대자를 의미한다. 즉 릴케가 『기도시집』을 통해 자주 등장시키는 '신'은 초월적 존재를 향한 한 개인의 종교성 내지 경건성과 관련되어 있다. 반면에 박봉우에게 신은 "다수운 체온이란 애당초에 만져보지 못한 채" "불기도 없"는 "방"에서 "잠"(「검은 침실」)이 든, 즉 마땅한 보호처나 피난처를 "잃어버린/ 앙상한 고아"(「광장廣場의 목소리」)와 같은 한국전쟁으로 인한 희생자 또는 피해자들에 대한 구체적이고 현실적인 구원의 요청과 맞물려 있다.

그러나 박봉우가 예술을 통한 신의 창조 또는 초월적 신을 통한 시인으로서 자기정체성 확보를 꾀했던 릴케적 의미의 신을 의도적으로 왜곡하거나 도외시했다고 보는 것은 성급한 판단이다. 물론 박봉우가 릴케처럼 예술을 통한 신 만들기에 나서거나 예술행위를 내면의 신을 향한 도

---

* 릴케는 『기도시집』 3부 결말부에 "그대 바이올린을 만드는 위대한 자이시여/언제 다시 그와 같은 바이올린을 하나 만들렵니까?"라고 말하고 있다. 김재혁, 앞의 책, 75쪽 참조.
** 릴케는 이와 관련 『기도시집』을 통해 "산처럼 솟아오른 당신의 손으로부터/우리의 감각에 법칙을 주기 위해/ 검은 빛깔 이마를 한 당신의 말없는 힘이 피어 오릅니다"라고 쓰고 있다. 위의 책, 76쪽 참조.

정으로 보고 있지 않은 것은 분명하다. 하지만 그러한 와중에서도 릴케가 신의 존재를 통해 삶과 예술의 실존적 조화 또는 예술가의 자기실현을 꾀했던 것처럼 박봉우 역시 대사회적인 분노와 호소의 목소리를 내는 한편 신에 대한 의미심장한 질문 속에서 시인으로서 자신의 역할을 점검하고 있었다는 점에서 릴케와 비슷한 길을 걸었다고 할 수 있다.

> 저기 굴뚝은
> 연기도 나지 않는다.
>
> 저기 굴뚝에
> 연기가 나면
> 하늘로 열을 내뿜는
> 그리고 솟구치는
> 힘의 신이
> 있을까.
>
> ─「힘의 신神」 전문

박봉우는 릴케처럼 신을 고정되고 완성된 존재가 아니라 생성되는 존재의 표상으로서 그것을 완성하는 자가 예술가라는 입장을 표나게 제시하지 않고 있다.* 하지만 말년에 쓴 작품 가운데 하나인 이 시 속에서 박봉우는 "하늘로 열을 내뿜는" "솟구치는/ 힘의 신神"을 갈망하는 모습을 보여주고 있다. 그리고 이것은 생의 마지막 순간까지 그가 타락하고 부패한 세상에 구원을 가져다줄 "힘의 신"에 대한 갈망을 포기하지 않고

* 조두환, 앞의 책, 51쪽 참조.

있었다는 명백한 증거다. 즉 릴케가 긍정적이든 부정적이든 신의 문제를 예술가와 연결시켜 지속적으로 창작적 영감의 원천으로 삼았듯이 박봉우 역시 지속적으로 분단된 조국의 운명과 미래를 신과의 관계 속에서 물어왔다고 할 수 있다.

즉 그는 초기 시부터 그토록 갈망하고 "기다리던" "님" 또는 "신"이 "사랑"과 구원의 은총을 끝내 주지 않는, 그래서 한낱 "쓰레기"(「달나라의 암석·2」)라는 극단적인 회의를 보여주기도 하지만, 그럼에도 "정신을 가다듬"어 정성을 다할 때 "이루어지는" 시적 "기도"(「못자리의 골프장」)를 통해 신적인 구원이 도래하기를 포기하지 않았다고 할 수 있다. 릴케처럼 비록 기도를 통해 모든 사물의 안팎에서 신의 존재를 느끼려 했던 것은 아니지만, 오랜 대립과 갈등으로 얼룩진 조국의 현실을 하나로 통일시켜줄 신을 끝까지 갈망하는 기도자의 자세를 잃지 않았던 점만은 분명하다.

4) 가난과 고독 그리고 사랑과 연인들

주지하다시피 박봉우는 자신의 아내가 포장마차 장사꾼이 되지 않으면 안 될 만큼 현실적으로 매우 가난한 삶을 살았으며, 정신병동에 드나들거나 한 지방 도서관에서 임시직 사서司書로 일하는 등 사회와 격리되거나 불안정한 수입에 의존한 채 고독한 삶을 영위한 바 있다.* 또한 그래서인지 그의 시들 속에는 가난이나 고독 등의 시어가 많이 나오며 일정 부분 그의 생 체험이 짙게 반영되어 있다. 하지만 이것들이 단지 그의 실생활과 생 체험의 반영이라고 보는 것은 단견이다. 물론 지속적이고 반복적으로 확인되는 이러한 시적 모티브나 주제의식이 그에 대한 반영

---

* 강태열, 「'조국'과 '통일'을 앓는 시」(『딸의 손을 잡고』해설, 사사연, 1987), 145~154쪽. 임동확, 「박봉우, 휴전선과 사일구 그리고 광주」(『들키고 싶은 비밀』, 한얼미디어, 2005), 171~182쪽 참조 바람.

인 것은 분명하지만, 그렇다고 그것들을 전부 그의 고독하고 가난했던 삶과 직접적으로 연결해보거나 환원하는 것은 그의 작품에 대한 제한된 이해와 해석으로 이어질 뿐이다.

특히 그의 시에 나타나는 가난과 고독의 문제가 릴케가 제기한 가난과 고독의 문제와 무관하지 않다는 점에서 더욱 그렇다. 즉 박봉우가 말하는 '고독'은 단지 물리적이고 개인적인 것이 아닌, 릴케가 예술가적 존재의 의미충족을 위한 필수불가결한 전제로 삼은 '고독'과 연결되어 있다.* 또한 '가난'은 무소유적인 사회생활 여부와 별반 상관없는 영혼적인 태도 내지 내적인 능력으로서 세상의 거짓과 거리를 두려는 시인 또는 예술가의 자발적 '가난'**과 밀접한 관계에 놓여 있다.

> 1) 모두들 가거라
> 시인은 빚뿐이다
> 미친놈의 세상
> 나는 정신병원에나 가 있겠다
> 모든 것
> 물리치고 싶은 서울
> 누가 찾아오는가
> 담배가 아쉬운 밤에
> 먹고 빈 약종이에
> 울긋불긋한 시를 쓰면 된다
>
> ─「뿌리치고 온 서울」 일부

* 볼프강 레프만/김재혁 옮김, 『릴케』, 책세상, 1997, 702쪽 참조.
** 김재혁, 앞의 책, 70~72쪽 참조.

2) 갈대는 고독하지 않다

　바람에 오히려

　그 내일을 뿌리고 있다

　함부로 사랑하지 않으련다

　누구에게도

　내 사랑의 뜻을 표하지 않으련다

　갈대는 고독한 것이 아니다

　바람에 날리어

　나는 나의 고독을

　사수하련다

　이때부터 나는

　나의 고독은

　순금처럼 시작된다.

―「더욱 고독할련다」 일부

　1)에서 가난한 "시인"인 "나"는 "담배가 아쉬"울 정도로 궁핍한 생활
에 시달리고 있다. 하지만 "나"는 형편없이 주눅 들기보다는 차라리 "정
신병원에나 가 있겠다"고 선언한다. 그러면서 "서울"로 대변되는 물질만
능주의의 세계를 "미친놈의 세상"으로 단죄하며 "정신병원"에 가면 "먹
고 빈 약종이에/ 울긋불긋한 시를 쓰면 된다"는 의지를 당당하게 드러낸
다. 현실적으로 "빚"에 쪼들리는 궁핍한 생활에도 불구하고 "모든 것"을
"물리치"고 뿌리치며 올곧은 시인의 자세를 지키고자 하는 의지가 강하
게 느껴진다. 그리고 이점은 릴케가 만년에 뮈조트 성에 가정부만 데리
고 은거하며 『두이노의 비가』(1923)와 『오르페우스에게 바치는 소네트』
(1923)를 완성시켰던 사실을 연상시킨다. 또한 무소유에 입각한 정신적

'가난'을 내면에 이상화하여 역동적이며 상승하는 영혼의 자유로 승화시키고자 했던 릴케적인 시 정신을 떠올리게 한다.*

2)에서는 "나"는 흔히 "고독"의 표상으로 여겨지는 "갈대"는 "오히려" "바람"에 "그 내일을 뿌리고 있"기에 "고독하지 않다"고 반복적으로 강조하고 있다. 즉 "갈대"가 "바람"에 날리는 것은 "고독"을 이기지 못해서거나 "함부로 사랑"하거나 "사랑의 뜻을 표"한 결과다. 달리 말해, "나의 고독"은 "미래"에 대한 기대나 "사랑"의 힘에도 의지하지 않는, 일체의 불순물이 섞이지 않는 "순금"과도 같은 절대 "고독"을 말한다. 그리고 이것은 릴케가 세상으로 결별한 채 자기 자신으로 침착하여 깊은 고독에 빠지는 자를 시인으로 본 것과 관련되어 있다. 박봉우가 필사적으로 일체의 것과 비교되지 않는 경지의 "고독"을 "사수"하려는 이면에는, 예술가는 고독을 통하여 비로소 신을 향해 갈 수 있다는 릴케적인 태도가 스며들어 있다.

따라서 박봉우 시에서 나타나는 "가난"과 "고독"은, 바로 그것들이 예술가 스스로가 택한 것이며 작가의 존재 양식이라고 본 릴케와 분리해서 생각할 수 없다. 박봉우가 비록 지독한 "가난"과 정신병원에 갇히는 등 혹독한 "고독"에 시달린 것만은 부인할 수 없는 사실이지만, 한편으로 이것은 모든 관계 상실 또는 세계 상실과 무소유적 삶의 실천 속에서 예술가적 자존과 정체성을 확보하려 했던 릴케의 시인적 태도와 연결되어 있다. 즉 박봉우에게 "시인"을 이해하지 못하는 "세상"은 "미친" 것에 불과한 것이며, 그래서 그것과 스스로 절연하는 "가난"과 "고독"은 시인으로서 자존과 독립성을 확보하려는 적극적이고 능동적인 행위의 하나였을 뿐이다.

* 조두환, 앞의 책, 88쪽 참조.

여기서 중요한 것은, 예술적 창조를 위한 전제 조건적인 성격의 이러한 '고독'과 '가난'이 소유욕에 물든 사랑을 넘어선 무한한 사랑으로 이어진다는 점이다.* 그리고 특히 이것은 행복한 사람들보다 불행한 사랑의 여인을 형상화했던 릴케의 예술적인 태도와 무관하지 않다는 점이다. 즉 박봉우 시세계에 등장하는 '소녀'등 다양한 여인들은 소유하지 않은 사랑을 시인적 이상으로 삼은, 곧 사랑한 남자로부터 버림받았지만 마침내 그 사랑의 대상마저도 초월하여 무한한 사랑을 실천한 위대한 여인들과 연결되어 있다.** 다시 말해, 박봉우 시세계 속에서 스스로 자청하거나 요구한 '가난'과 '고독'은 공통적인 것을 구축하려는 사랑의 활동 또는 그 의지의 승화와 깊은 관련을 맺고 있다.***

소녀少女 마리아! 당신의 보이지 않는 따뜻한 손으로 한 자루 촛불······ 촛불······

촛불을 켜주십시오. 이때는 어둠을 깨물고 내 맑은 두 눈은 자연自然의 아름다움과 고마움을 봅니다. 상냥한 어머니의 고이 잠든 모습을 봅니다.

그러나 그러나 또 하나의 몸부림에서 벗어난 눈물이 눈물이 있습니다.
귀한 육신肉身의 희생犧牲에서 온 누리를 말없이 말없이 밝히는 넋.
그는 시계초침時計秒針이 돌고 돌 때마다 아아! 가이 없습니다. 가이 없습니다.

(중략)

* 볼프강 레프만, 앞의 책, 657쪽 참조.
** 위의 책, 699~700쪽 참조.
*** 안토니오 네그리 지음/정남영 옮김, 『혁명의 시간』, 갈무리, 2004, 161~162쪽 참조.

촛불·········.

나의 밤하늘에 빛나는 별 같은 생명의 노래였습니다. 눈물······ 제 몸을 쉽사리 바쳐도 아무런 보수도 원하지 않은 최후最後의 밝으신 가르침이었습니다.

촛불·········촛불·········촛불·········

작은 몸에 정성들여 쉽사리 희생하는 그 둘레는 어둠이란 어둠은 없습니다.

촛불·········.

그는 남은 생명生命이라곤 다 태워도 애당초에 원망怨望과 비애悲哀라곤 없습니다.

—「촛불의 노래」* 일부

초기작의 하나인 위 시에서 "나"는 "보이지 않는 따뜻한 손"을 가진 "소녀 마리아"에게 "촛불을 켜주"기를 간청한다. 그리고 "나"는 "소녀 마리아"의 분신이라고 할 수 있는 "촛불"을 통해 "자연의 아름다움과 고마움"을 본다. 그리고 이것은 마치 릴케가 여인들을 아직 말로 표현으로 보면서 단순히 남녀의 사랑이 아닌 자연과의 합일을 지향했던 것과 일맥상통한다.** 또한 "촛불"을 통해 "고이 잠든" "어머니"의 "모습"을 보거나 그것의 연소를 통해 "귀한 육신의 희생에서 온 누리를 말없이" "밝히는 넋"의 이미지를 보려는 의지는 다분히 릴케가 초개인적인 순수와 결백의 상징인 "소녀", 그중에서도 "마리아"를 통해 수동적인 인내 속에서도 강인한 극복의 힘을 가진 "어머니"상을 구현하려 했던 사실과 깊은 관련을

---

* 이 시는 박봉우 시인이 광주고등학교 2학년 때인 1953년에 발행된 교지 『광고』에 실려 있는 작품으로 첫시집 『휴전선』에 실려 있는 시 「가을의 소녀상少女像」과 「광장廣場의 소년상少年像」 등과 함께 릴케가 그의 초기 시에 끼친 영향을 알아보는 데 중요한 단서가 된다고 보여진다.
** 김재혁, 앞의 책, 41쪽 참조.

476

맺고 있다.*

즉 박봉우가 "촛불"에서 "작은 몸"을 "희생"해 "어둠"을 물리치는, "아무런 보수도 원하지 않는 최후의 밝으신 가르침"을 연상하거나 "다 태워도 애당초에 원망과 비애라곤 없"는 것으로 받아들이고 있는 것은, 릴케가 고통스런 사랑을 통해 남자를 극복하여 자기 자신만의 완성의 길을 갔던 '위대한 사랑의 여인상'의 창조와 유사하다.** 또한 신화나 역사 속의 위대한 여인들을 종교와 예술, 자연과 인간을 묶는 모든 가능성의 원천으로서 예술가를 능가하는 존재로 보려 했던 릴케의 이상적인 여인 상과 그 맥을 같이 한다고 할 수 있다.***

하지만 박봉우는 릴케처럼 단지 예술 창조만을 위한 "고독"이나 "사 랑" 등을 강조하지 않았다. 예술적 창조나 시인적 자유를 위해 민족이나 민중을 의도적으로 자신의 예술적 영역에서 배제하려 했던 릴케와 달리, 그는 개인보다 국가적이고 민족적인 구원을 우선적으로 작품 전면에 내 세웠다. 릴케가 여인들을 자연의 크나큰 은총을 자체 내에 간직한 존재 로서 완전한 사랑의 수행자로만 보려 했던 것과 다르게 그는 비록 실현 시킬 수 없었을망정 일련의 여인상을 통해 "인류애人類愛"를 "향하는 시 론詩論과" "꿈", 그리고 "사랑"(「창窓은」)을 꿈꾸었다고 할 수 있다.

6. 결론

세칭 '휴전선'의 시인으로 불려온 박봉우 시세계는 대체로 전쟁의 경

---

* 조두환, 「영원한 페미니스트 릴케」(『문학예술』 1988 여름호, 문학예술사), 105쪽 참조.
** 볼프강 레프만, 앞의 책, 701쪽 참조.
*** 조두환, 앞의 논문, 106쪽 참조.

험 또는 전후의 참상을 바탕으로 하되, 주로 50년대는 당대의 허무주의
적 사상에 침윤되기보다는 남성주의인 예언자의 목소리를 빌려 민족 동
질성 회복 내지 남북분단 극복 의지에 주로 초점을 맞춰왔다고 할 수 있
다. 그러다가 "시인도 미치고/ 민중도 미"친(「소묘·33」), "참으로 오랜
만에" "시인과 태양 앞에/ 행렬을 짓"(「소묘·23」)는 것으로 비춰졌던
4·19 혁명을 감격적으로 노래하기도 했다. 그에게 있어 4·19 혁명은
민족 통일과 민주주의 도래의 단초로 비쳤던 것이다. 하지만 곧바로 들
이닥친 군사쿠데타와 군정으로 인한 4·19 혁명의 좌절은 그에게 깊은
슬픔과 절망을 가져다주었다고 할 수 있는데, 그것이 가장 직접적이고
집중적으로 표현되고 있는 시집이 그가 정신병동에 입원에 있을 때 쓴
제3시집 『사월의 화요일』이라는 점이 아이러니컬하다. 4·19 혁명의 성
공과 좌절이 그의 발병과 그 맥을 같이하고 있다는 점에서 그렇다고 할
수 있다.

그러한 박봉우는 세칭 '휴전선의 시인'으로 불릴 만큼 초기부터 말기
까지 줄곧 분단된 남북 현실을 노래하고 당대의 부조리와 타락에 저항하
고 고발하는 데 앞장서온 참여 시인 가운데 한 명으로 평가받고 있다. 하
지만 위에서 잠깐 살펴봤듯이 릴케가 박봉우에게 끼친 시적 영향과 그
흔적에 대한 주목을 거의 찾아볼 수 없다.* 즉 박봉우 시인을 제대로 연
구하고 분석하기 위해선 우선적으로 릴케와의 영향관계 규명이 필수적
이라고 할 수 있다. 다시 강조하지만, 박봉우의 삶과 시세계는 어떤 식으
로든 릴케와 지속적인 영향 관계를 맺고 있기 때문이다.

예컨대 말기에 갈수록 그 영향이 현저히 줄어드는 양상이지만 릴케
가 스스로 창조한 실향자적인 시적 세계에 머무르고자 했던 것과 같이**

---

* 이재선, 「한국 현대시와 R.M. 릴케」(『한국문학의 원근법』, 민음사, 1996), 338~369쪽 참조. 참고로 이재선
　교수는 이 논문에서 주로 릴케가 김춘수 시인 등에 끼친 영향을 집중적으로 조명하고 있다.

박봉우 역시 고향인 광주를 그리워하면서도 끝내 귀향하지 못하고 타향인 전주에서 생을 마감했던 전기적인 사실이 시사하는 바는 적지 않다. 즉 비록 박봉우가 릴케와는 다른 사회적이고 역사적인 현실 때문에 릴케가 지향했던 예술적 내면세계에 전면할 수 없었지만, 늘 예술가 또는 시인으로서 임무와 사명을 잊지 않았으며 그러기에 자발적인 가난과 고독을 즐거이(?) 감내했었다는 점은 아무리 평가해도 지나치지 않다.

하지만 아쉽게도 박봉우가 릴케의 문학을 어느 정도 읽고 공부했는지 등에 관한 자료나 증언을 확인할 길이 없다. 지금으로선 단지 그가 남긴 시 속에서 릴케의 영향력을 감지할 수밖에 없는 형편이다. 하지만 한국 현대시 또는 시인에게 끼친 릴케의 영향이 주로 내면적이고 예술지상주의적 관점에서 이뤄져왔다면, 박봉우 시인에게만은 예외적으로 그것이 외부지향적이며 현실참여적인 방향으로 진행되어 왔다는 점이다. 그리고 이 점은 박봉우와 릴케의 결정적인 차이점이 되었으며, 특히 박봉우가 동시대의 여타 시인들과 다른 목소리를 내는 결정점으로 작용했다고 할 수 있다. 무엇보다도 자기 자신 또는 예술가 자체의 구원에 힘쓴 릴케와 달리 외부세계의 구원을 우선시함으로써 박봉우가 릴케의 단순한 추종자가 아닌, 또 한 명의 개성적인 목소리를 확보한 시인으로 우뚝 설 수 있었다고 할 수 있을 것이다.

| ** H.E. 홀트후젠, 앞의 책, 215쪽 참조.

1934년 (1세) 7월 14일, 전남 순천군 외서면 금성리 679번지에서 전남 승주군 군수를 지낸 바 있는 아버지 박병모朴秉模와 어머니 김효정金孝貞사이에서 3남 2녀 중 막내이자 유복자로 태어남. 본관은 밀양密陽. 아호는 추봉령秋鳳嶺.

1941년 (7세) 4월 1일, 광주서석공립국민학교 1학년에 입학.

1948년 (14세) 6월 25일, 광주서석공립국민학교 졸업. 9월 28일 광주서공립중학교 입학. 서중학교 재학시절 문예반에 들어가 시동인 '진달래'를 결성하고 작품 활동을 함.

1951년 (17세) 7월 25일, 광주서중 졸업. 9월 28일, 광주고등학교 입학. 광주고 재학시 후일 문인이 된 강태열, 윤삼하, 주명영 등과 더불어 문예반에서 활동하면서 시동인지 성격의 4인시집 '상록집'을 간행. 특히 박봉우는 고등학교 재학시절 교지校誌 《광고光高》를 만드는 데 열성을 보이고 있으며, 1학년 때인 1952년 단편소설 형식의 산문 「푸른 별과 같이」를 발표. 이후 여기에 그의 시 「촛불의 노래」(1952), 「마리아상像」(1953)를 차례로 발표하는데, 특이한 것은 당시 교장이었던 장준한을 발행인으로 하고, 고등학생 신분이었던 자신을 2학년 때부터 편집인으로 당당히 내세우고 있다는 점임.

1952년 (18세) 주간지 《문학예술》에 그의 대표작 가운데 하나인 「석상石像의 노래」가 당선됨. 전남일보 주최 제1회 학생문예경작대회서 박성룡, 윤삼하, 주명영, 박상식 등과 함께 입상. 전남일보 주최 제1회 신춘문예에 박성룡, 정현웅 등과 함께 당선.

1953년 (19세) 서울 희망사 주최 제1회 전국 남고생 문예 현상 릴레이에서 당선. 서울 수험사 주최 전국 고등학교 문예현상대회서 윤삼하, 지명수 등과 입상. 《전남일보》 주최 제2회 학생문예경작대회서 또다시 당선됨.

1954년 (20세) 3월 31일, 광주고등학교 3년 과정을 졸업.
4월 8일, 전남대 문리대 정치학과 입학. 입학 후 학과공부에 전혀 신경 쓰지 않은 듯 대부분의 학점이 D 또는 F 학점. 그런 관계로 2학년 1학기 때(1955) 휴학했으나 1956년 6월 14일자로 제적 처리됨.

1955년 (22세) 2월 강태열, 김정옥, 박성룡, 이일, 정현웅, 주명영 등과 함께 시동인 '영도'를 결성. 《영도》 동인지 1집, 2집에 참여.

1956년 (23세) 1월 1일, 《조선일보》 신춘문예에 시 「휴전선」이 당선. 이후 약 2년간 《전남일보》(현 《광주일보》 전신) 서울 주재 기자로 재직. 이 무렵 명동거리의 '은성' '돌체' '르네상스' 등을 누비며 천상병, 김관식, 신동문, 신동엽 등 다수의 문인들과 친교를 나눴고, 많은 일화를 남겼음.

1957년 (24세) 첫 시집 『휴전선』(정음사) 간행.

1958년 (25세) 〈전라남도 문화상〉 수상.

1959년 (26세) 제2시집 『겨울에도 피는 꽃나무』(백자사) 간행.

1962년 (29세) 4월 1일, 제3시집 『사월四月의 화요일火曜日』(성문각) 간행. 〈현대문학상〉 수상.

1963년 (30세) 1950년부터 1960년까지의 중앙 일간지 신춘문예 시부문 당선자를 중심으로 한 시동인 '신춘시'에 참여. 강인섭, 강인한, 김광협, 신세훈, 조태일, 윤삼하, 정진규, 김종해, 황명, 이근배, 장윤우, 이탄, 홍윤기, 김종철, 김원호 등과 함께 1969년까지 활동.

1965년 (32세) 김현승 시인의 주례로 서울 탑골공원에서 이정례 씨와 결혼.

1966년 (33세) 1월, 동인지 '영도' 제3집에 참여. 이때 '영도' 동인으로 이성부, 임보, 손광은, 김규화, 윤삼하 등이 가세함. 5월, 동인지 '영도' 4집에 참여. 10월 르포집 『간肝이 큰 여인女人들』(한국정경사) 간행.

1969년 (36세) 10월 10일, 김소월, 김영랑 등 작고 시인들의 생애와 문학을 다룬 산문집 『사랑의 시인상詩人像』(백문사) 간행.

1974년 (41세) 11월, 자유실천문인협의회에 창립회원으로 참여.

1975년 (42세) 『창작과 비평』 여름호에 시 「서울 하야식下野式」 등을 발표한 이후, 서울 생활을 마치고 전주에 정착. 당시 전주시장이었던 고등학교 동창생 이효계의 주선으로 전주 시립도서관 촉탁사원으로 근무하기 시작함. 전주에 거주하는 동안 최승범, 이운룡, 정양, 소재호, 진동규, 박만기, 주봉구, 백학기 시인과 소설가 이병천 등과 긴밀한 관계를 가짐.

1976년 (43세) 7월 1일 제4시집 『황지荒地의 풀잎』(창작과 비평사)을 간행.

1985년 (52세) 8월 30일, 제5시집 『서울 하야식下野式』(전예원)을 간행. 이 해 겨울 부인과 사별. 〈현산문학상〉 수상.

1986년 (53세) 11월 15일, 기존의 산문집 『사랑의 시인상詩人像』을 『시인詩人의 사랑』(일선출판사)으로 제목을 바꿔 재발간.

1987년 (54세) 제6시집 『딸의 손을 잡고』(사사연)를 간행.

1990년 (57세) 3월 1일, 전주 시립도서관 촉탁사원으로 재직중 지병으로 별세. '민족 시인 박봉우 선생장葬' (장례위원장:김중배)으로 전주시립효자공원묘지에 안 장됨. 유족으로는 하나, 나라, 겨레 등 1남 2녀가 있음. 『창작과 비평』여름 호에 유고시 「해 저무는 벌판에서」외 13편 발표. 광주일보사 주관 〈무등문 화상〉 특별상 수상.

1991년 11월 25일 시선집 『나비와 철조망』(미래사) 간행.

1993년 6월 민족문학가회의 주최로 '박봉우 시비 건립추진위원회' 발족. 시비에 새길 작품은 그의 대표작인 「휴전선」으로 정함.

1994년 12월 광주사직공원에 그의 시 「조선의 창호지」를 수록한 시비(글씨: 이돈흥, 제작: 정윤태)가 세워짐.

1996년 4월 민족문학 작가회의 정례 이사회에서 '박봉우시비 휴전선 건립추진위원회' 를 '통일동산 시비건립추지위원회'로 확대 개편. 위원장에 강태열을 선임.

2001년 8월 22일 '시인 박봉우 시비건립위원회'를 구성, 공동위원장에 현기영(민족문 학작가회의 이사장), 김윤수(한국민족예술인 총연합 이사장), 김중배(MBC 문화방송사장) 씨를 추대함.

2001년 11월 25일 그의 시 「휴전선」발표 45주년을 기념하여 경의선 임진강역 구내에 그의 시 「휴전선」을 새긴 시비(글씨: 쇠귀 신영복, 제작: 김운성)가 세워짐.

■ 시

1952년 「석상石像의 노래」, 주간 《문학예술》

1953년 「촛불의 노래」, 교지 《광고》(2호)

1954년 「마리아상像」, 교지 《광고》(3호)

1955년 「산국화山菊花」, 《영도》(1호) 2월
　　　　「강물」, 《영도》(2호)(5월)

1956년 「휴전선」, 《조선일보》 1월 1일
　　　　「신부新婦의 아버지」, 《젊은이》 2월
　　　　「나비와 철조망鐵條網」, 《문학예술》 9월
　　　　「목숨의 시詩」, 《시정신》(4호) 11월
　　　　「사미인곡」, 《문학예술》 9월

1957년 「눈길 속의 카추샤」, 《현대문학》 9월
　　　　「서정 원경抒情遠景」, 《현대문학》 12월
　　　　「과목果木의 수난受難」, 《사상계》 12월

1958년 「어느 여인숙旅人宿」, 《자유문학》 1월
　　　　「무도회舞蹈會」, 《현대문학》 4월
　　　　「암아暗野의 연대年代」, 《자유문학》 6월
　　　　「음악을 아는 나무」, 《현대문학》 9월
　　　　「능금나무」, 교지 《광고》(7호)

1959년 「고독한 여행자」, 《현대문학》 1월
　　　　「음모일기陰謀日記」, 《자유문학》 2월
　　　　「겨울에도 피는 꽃나무」, 《사상계》 3월
　　　　「뒷골목의 수난사受難史」, 《현대문학》 6월

1960년 「회색지灰色地」, 《자유문학》 3월
　　　　「참으로 오랜만에」, 《사상계》 7월

1961년 「양단된 여인들」, 《현대문학》 3월
　　　　「G선」, 《자유문학》 7월
　　　　「지성을 잃는 공동묘지」, 《사상계》 12월

1962년	「사월四月의 화요일火曜日」, 《현대문학》 5월
	「외인부대」, 《사상계》 10월
1963년	「고장故障난 목소리」, 《신춘시》
	「또 한번 올 날은」, 《신춘시》
	「가시오」, 《신춘시》
	「밀주密酒」, 《신춘시》
	「악법은 외면한다」, 《신춘시》
	「혼선混線」, 《자유문학》 9월
	「동해의 갈매기」, 《현대문학》
	「사원우표」, 《현대문학》
	「이 세상에」, 《신동아》 12월
1965년	「해방 20년年 · Ⅰ」, 《현대문학》 8월
1966년	「조선독립선언문朝鮮獨立宣言文」, 《사상계》 3월
	「쌩똥문명文明」, 《영도》
	「황무사회荒蕪社會」, 《영도》
	「후반기後半期」, 《시문학》 5월
	「해방 20년年 · Ⅲ」, 《신춘시》
	「보시오 독도獨島」, 《신춘시》
	「니가 나의 동족인가」, 《신춘시》
	「각하閣下 시원하시겠습니다」, 《청맥》 10월
	「조국통일선언문祖國統一宣言文」, 《세대》 12월
1967년	「언어공관言語公館」, 《현대문학》 1월
	「지평에 던져진 꽃」, 《신춘시》
	「휴전선」, 《현대문학》 12월
1968년	「진달래꽃」, 《신동아》 4월
	「잔디밭 국부론國富論」, 《현대문학》 8월
	「인왕산 건빵」, 《신춘시》
	「1960년대의 휴지통과 시론詩論」, 《신춘시》
1969년	「달밤의 혁명革命」, 《현대문학》 1월
	「동아일보東亞日報」, 《월간문학》 3월

「난에게 주고 싶은 말」,《월간문학》3월

「우리의 김수영金洙暎 시인은」,《현대문학》10월

「어린이 UN총회」,《신동아》

「1969년의 코스모스」,《신춘시》

「잡초나 뽑고」,《신춘시》

「팔려가는 봄」,《신춘시》

「설렁탕들」,《신춘시》

「한 장의 신문을 들면서」,《신춘시》

1970년 「쓰레기 역사」,《월간문학》2월

「다시 사월四月은 오는데」,《사상계》4월

「광화문에서」,《현대문학》

「신세계新世界 소금」,《현대문학》7월

「황지荒地의 풀잎」,《시인》9월

「십자가十字架를 해나 달에게」,《시인》9월

「별밭을 찾아」,《시인》9월

「에즈라 파운드」,《시인》9월

「반쪼각의 달」,《시인》9월

1971년 「누룩땅」,《월간문학》1월

「백두산」,《독서신문》

「사랑하는 대지大地」,《신문학》2월

「적십자」,《신동아》4월

「황지荒地에 꽃핀」,《창조》10월

1972년 「25시의 사랑」,《창조》9월

「귀로歸路」,《시문학》9월

「조각彫刻」,《시문학》

「핑크빛 일기日記」,《시문학》

「남 몰래 흐르는 눈물」,《시문학》

「밤 하늘」,《시문학》

「대지의 대특호활자大特號活字」,《월간문학》

「한 잔의 포도주」,《월간중앙》

「그 누가 살고 있는지」,《현대문학》 11월

「고구려인」,《상황》 12월

「사회부장」,《상황》

1983년	「우리는 가슴이 아프다」, 《월간조선》 12월
	「아픔」, 《세계의 문학》(28호)
	「부드럽게」, 《세계의 문학》(28호)
	「무등에서 만납시다」, 《세계의 문학》(28호)
	「불」, 《세계의 문학》(28호)
	「분단에서」, 《한국문학》 10월
1984년	「밤의 꽃」, 《외국문학》
	「언제 고향에 가 보려나」, 《외국문학》
	「시인들은 무엇하는가」, 《외국문학》
	「악한 세대世代」, 《외국문학》
1985년	「진달래도 피면 무엇하리」, 《문학사상》 4월
	「봄의 미학美學」, 《한국일보》
	「무등산의 봄」, 《광주일보》
	「대지」, 《월간 예향》
1987년	「까마귀 싸우는 곳」, 《세계의 문학》 3월
1988년	「어쩔 것이냐」, 《동서문학》 3월
	「외인부대」, 《사상계》 10월
1989년	「꽃그늘에서」, 《월간중앙》 5월
	「외인부대」, 《사상계》 10월
	「무등의 고향에 가고 싶다」, 《광주일보》 4월 21일
1990년	「해저무는 벌판에서 外 13편」, 《창작과 비평》(여름호)

■ 산문

| 1952년 | 「푸른별과 같이」, 교지 《광고》(1호) |

■ 평론

1963년	「김소월金素月과 진달래꽃」, 《한양》 12월
1964년	「상화尙火의 시詩와 인간人間」, 《한양》 11월
1965년	「시인詩人과 민족民族」, 《한양》 12월

한국문학의 재발견-작고문인선집

박봉우 시전집

지은이 ∣ 박봉우
엮은이 ∣ 임동확
기   획 ∣ 한국문화예술위원회
펴낸이 ∣ 양숙진

초판 1쇄 펴낸날 ∣ 2009년 1월 15일

펴낸곳 ∣ ㈜현대문학
등록번호 ∣ 제1-452호
주소 ∣ 137-905 서울시 서초구 잠원동 41-10
전화 ∣ 516-3770
팩스 ∣ 516-5433
홈페이지 www.hdmh.co.kr

ⓒ 2009, 현대문학

값 12,000원

ISBN 978-89-7275-516-6 04810
ISBN 978-89-7275-513-5 (세트)